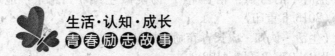

生活·认知·成长
青春励志故事

# 生活中的考试

杨晓敏◎主编

地震出版社

**图书在版编目（CIP）数据**

生活中的考试：悟性卷 / 杨晓敏主编. —北京：地震出版社，2013.1
（2016.6 重印）
（生活·认知·成长青春励志故事）
ISBN 978-7-5028-4152-2

Ⅰ.①生…　Ⅱ.①杨…　Ⅲ.①小小说 – 小说集 – 中国 – 当代
Ⅳ.①I247.8

中国版本图书馆 CIP 数据核字（2012）第 253181 号

地震版　XM2904

**生活中的考试——悟性卷**

主　　编：杨晓敏
执行主编：马国兴　王彦艳
责任编辑：范静泊
责任校对：孔景宽　凌　樱

出版发行：地震出版社

北京民族学院南路 9 号　　　　邮编：100081
发行部：68423031　68467993　　传真：88421706
门市部：68467991　　　　　　　传真：68467991
总编室：68462709　68721982　　传真：68455221
E-mail：seis@ mailbox. rol. cn. net
http：//www. dzpress. com. cn

经销：全国各地新华书店
印刷：北京一鑫印务有限公司

版（印）次：2013 年 2 月第一版　2016 年 6 月第二次印刷
开本：710×1000　1/16
字数：207 千字
印张：15
书号：ISBN 978-7-5028-4152-2/I（4833）
定价：28.00 元

# 序

杨晓敏

好书是具有生命力的。一本好书，我们拿在手上，揣在兜里，或者放在枕边，会感觉到它和我们的心一起跳动。在日常的学习生活中，我们每天都在用最经济的时间、精力和财力，收获着超值的知识、学问和智慧，于是我们自己，就在一天天地充实厚重起来。

优秀的短篇小说，就是这样的好书。它是顺应现代人繁忙生活而发展成的一种篇幅短小的小说。跟一般小说一样重视场景、个人形象、人物心理、叙事节奏。优秀的作者可写出转折虽少却意境深远，或转折虽多却清新动人的作品。

现在，许多优秀的作者舒展超感的心灵触觉，用生花的妙笔，把小小说从文学神坛上牵引下来，在我们广大读者面前，展现出一幅幅五颜六色的生活画卷，或曲折离奇，或险象环生，或嬉笑怒骂，或幽默诙谐。于是，阅读一本小小说，就成了繁忙生活的轻松点缀，紧张学习的有效调剂，抹平了你我微皱的眉头，漾起了会心一笑的嘴角。

我们精心编选的这套"生活·认知·成长青春励志故事"小小说丛书，每一辑都包含了"悟性""创意""想象""品味""风尚""情愫"六卷，并围绕这六个主题，选取当代国内知名作家的精品力作，

1

各自汇编成书，具有强劲的文学感染力。篇篇都耐人寻味，本本都精挑细选，既是青少年认识社会的窗口、丰富阅历的捷径，又堪称写作素材的宝典。作品遴选在注重情节奇巧跌宕，阅读效果峰回路转、柳暗花明的同时，注重价值取向，旨在引导青少年全面、客观地认识社会，开阔视野和胸怀，提高综合素质，进而确立正确的人生观、价值观。

在这套书里，我们推荐给青少年读者的是充满活力的大众文化形态的小小说佳品荟萃。所选择的作品，尽量体现质朴单纯，而质朴不是粗硬，单纯不是单薄；体现简洁明朗，而简洁不是简单，明朗不是直白。它们是理性思维与艺术趣味的有机融合，是人类智慧结晶的灵光闪烁，是春风化雨滋润心灵的真情倾诉，是鲜活知识枝头的摇曳多姿，是青少年读者嗅得着的缕缕墨香。

知识没有界线，可以人类共享，只要是具有优良质地的文化产品，都能互补、渗透、影响和给人以启迪。任何一粒精壮的知识种子，播撒在人们的心灵深处，都会开出艳丽的花朵，结成高尚的果实。

青年出版家尚振山先生以极大的热情，独到的眼光，精心策划了这一套"生活·认知·成长青春励志故事"丛书，我和同仁马国兴先生、王彦艳女士应邀参与编纂，当然也愿意大力推荐给广大青少年朋友们。

2012 年春

生活中的考试
contents 目录

# 一路莲花

## ○闵凡利

小和尚经常见师父望着西方膜拜，小和尚心里就充满了好奇。小和尚就问老和尚：师父，你这是干什么？

老和尚说：我这是在拜佛。

小和尚那时刚到寺里不久，小和尚还不知佛是什么。小和尚那时只知道：佛就是他们天天参拜的泥胎，天天那么庄严地端坐在莲花座上，那么微笑着。佛其实什么也不管。佛管什么呢？佛又不能给你粮食供你吃，又不能给你布匹管你穿。有一天，小和尚把这个想法说给了师父。老和尚听了只是说你还小，你还不知道活着还有比吃穿更重要的东西。小和尚问师父是什么，老和尚说，你大了就明白了。

又是几年春水绿。那时小和尚除了哭和笑之外又知道了皱眉头。小和尚就明白了师父话里的意思了。不过，小和尚还是有些不明白：佛，他到底是什么呢？

是个冬天，有一位从南方来的施主给师父送来了一包冰糖。恰巧那天，小和尚又问了师父这个问题。小和尚问：师父，我们怎样才能认识到我们天天参拜的佛？我们怎样才能知道佛法无边而佛又是无处不在呢？

小和尚说：师父啊，我读的经书这么多，书上虽然说得很透彻，可还有没有更简单的方法来说明这个问题呢？

老和尚自言自语道：该给你说了，该给你说了。

老和尚就让小和尚用钵盛来一钵水，把几块冰糖放在钵里，老和尚用手搅了搅水，不一会儿，冰糖就完全溶化在水里了。老和尚对小和尚说：你把我刚才放下去的冰糖取出来吧！

小和尚看了看钵里的水，清清澈澈，什么也没有。

老和尚对小和尚说：你尝尝钵里的水，味道如何？

小和尚端起钵喝了一口说：好甜啊！

老和尚又对小和尚说：你再尝尝底层的水是什么样的。

小和尚就又用勺子舀了钵底层的水尝了，说：师父，一样甜的。

老和尚说：孩子，假如说佛涅槃成这块冰糖，而钵内的水就是咱们居住的这个红尘，孩子啊，你所尝到的甜其实就是佛啊！

小和尚听了恍然大悟说：师父，我明白了。我明白了！

从那之后，小和尚就认认真真地做事，踏踏实实地念佛。转眼之间，小和尚已长成大人了。老和尚也就更老了。也就在那个时候起，老和尚和小和尚做出一个决定：去灵山朝圣！

灵山在很远很远的西方，那得走很久很久的路，受很多很多的罪，吃很多很多的苦。师徒俩下定决心，不论遭受什么样的磨难，一定要在阴历四月初八佛祖的圣诞日那天赶到他们的圣地——灵山。

师徒二人在一个阳光明媚的日子踏上了征途。他们一边化缘一边赶路，晓行夜宿，马不停蹄，不敢有半点的倦怠。日复一日，月复一月，年复一年，太阳升了又落，花儿开了又谢，草木枯了又荣。师徒二人不知走了多少时日，这一天，师徒二人来到了沙漠中。就在这时，小和尚病倒了。为了完成他们的心愿，开始老和尚搀扶着小和尚走。小和尚的病越来越厉害，老和尚就背着小和尚走。这样一来，他们行进的速度就慢了下来，开始是两天走不到原来一天的路程。后来是三天走不了原来一天的路程。再后来是五天走不了原来一天的路程。小和尚的病越来越厉害，已是病入膏肓，气息奄奄了。这一天，小和尚感觉自己快不行了，就流着泪央求老和尚：师父，弟子罪孽深重，无法完成我对佛祖许下的誓愿了。并且连累了你。师父啊，请你不要再背我了。赶路要紧哪！

老和尚的泪哗地流了下来。老和尚望着小和尚那张被疾病折磨得已经变形的脸，又毅然把小和尚背在身上，老和尚望着西天的漫漫征途，他一步一个脚窝，艰难地行进着。一边走一边说：孩子啊，到灵山朝圣是我们向佛祖许下的誓愿，到佛祖跟前能跟他上一炷高香那是我们的目标。我们已经上路了，并且我们在走，孩子啊，那灵山就已在我们心中，佛祖就已在我们的眼前了。孩子啊，也许我们一生都不会到达灵山，也许我们马上会到达灵山。无论怎样，我们的走是在表明我们的决心，表明我们的意志和坚强。孩子啊，挺起来吧，只要你的心中装上了佛祖和灵山，不论你走了多远，不论你到与不到，你都已经抵达了，你都已经完成了你的誓愿。孩子啊，放下吧，放下你所有的病痛，放下你所有的负担，放下你的悲观，就像师父我一样，向前走。一直向前走。能走多远就让我们走多远吧！

小和尚听了老和尚的这番话，他猛然间开悟了。他说：师父，我明白了。我明白了！

那时他们已经走出沙漠。小和尚的病却奇迹般慢慢地好了。就在他们已接近灵山的时候，老和尚却圆寂了。老和尚圆寂之前没有什么征兆，当老和尚看到灵山时，老和尚长出一口气，诵了一句：阿弥陀佛。接着就见老和尚像燃完油的灯捻慢慢倒了下去。小和尚连忙去抱老和尚，老和尚笑着对小和尚说：到了，终于到了。说完，老和尚就圆寂了。

小和尚把师父放好，他把自己身后一直背着预备在佛祖跟前要上的那炷高香请了出来，点上，放在了师父的跟前。

香烟冉冉升起，在烟雾中，小和尚看到了佛祖。佛祖坐着莲花座，浑身放着金光，佛祖望着小和尚，微笑着，像要向小和尚说什么。

小和尚对着佛祖诵了声：阿弥陀佛。阿弥陀佛啊！

接着，小和尚对着师父拜了九拜，又对着灵山的方向拜了九拜。之后，小和尚就收拾了一下自己，回了。

于是，小和尚的身后开满了一路的花，是莲花。

洁白的莲花。

# 教师节快乐

○宗利华

　　罗红卫老师今年 52 岁。岁数是大了点，但并不妨碍和学生沟通。他拍着男孩子的肩膀说，嗨，小伙子，咱们来谈谈足球。和女生他会说，你觉得林心如和小燕子赵薇比较，谁的眼睛大？

　　当然，他的课学生就愿听。赢得学生的尊重也就毫不为怪。

　　教师节说来就来。每到这一天，学生们就想给他贺一下，可是，一连几年的这一天，都见不到他的影。他一大早就出去，直到很晚才回来，连校内的庆祝晚会都不参加。

　　学生们都觉着奇怪。

　　有人提议，跟着罗老师看看，他到底去哪里。

　　罗红卫老师的西服熨烫得十分笔挺，头发丝丝后抹，脸上的胡子刮得光光净净。在这样的节日穿这一身很合适。

　　罗红卫老师步行出了校园。

　　罗红卫老师走在教师节那天熙熙攘攘的大街上。

　　罗红卫老师进了一个鲜花店。

　　鲜花店？他进鲜花店干什么？学生们开始嘀咕，罗老师是不是要买鲜花送情人的？相视一笑，都面上红红的。怎么可以这样说老师呢？那还跟不跟？跟呀，你们有谁见过罗老师的爱人吗？没有。正说着，罗红卫老师出来了。

　　罗红卫老师脸上手上各多了一件东西，脸上，是一副墨镜，手上是一束花。

　　学生们就愣住了，半天，方说，酷啊！真酷！

　　罗红卫老师坐上出租车。

　　学生们相视一眼，稍停顿，然后很果断，摆住另一辆。师傅，盯住前面那辆车！说完了，嘿嘿地乐。

　　车子出了城区。车子跑在教师节那天郊外的小道上。车子停下来，罗红卫老师从车里走下来。罗红卫老师仰头看了一眼教师节那天的太阳。太阳很温柔地照着。罗红卫老师踩着很温柔的太阳光走进一方天地。

　　学生们走近了，心里都是咯噔一声！

　　那是这座城市的公墓！

　　学生们立在那里不知该不该进，但后来还是决定要弄个水落石出。学生们就悄然跟在罗红卫老师的身后。罗老师浑然不觉，罗老师是近视。何况，他现在正沉浸在自己的思想里。

　　罗老师终于在一块墓碑前停住了。

　　教师节那天的太阳蓦地一下并不温柔了，学生们心底里有股潮潮湿湿的东西开始像麦穗似的生长。罗红卫老师将花摆在碑前，倒退几步，立住，默默地，铜铸一般。过了约莫一个世纪，或者一个朝代，罗红卫老师的腰开始缓缓地动，头低低地俯下来，俯下来。这个动作重复了三次，又立住，一动不动。

　　教师节的阳光晦涩难懂。光与尘纠结起来，浮动起来，摇晃起来。

　　学生们的嘴已张得很大。

　　突然，学生们的心底深处砰噔一声响！附近的一只鸟儿怪叫一声，直冲苍穹，云说聚就聚上来，天的远处轰轰隆隆地响着。

　　罗红卫老师双膝跪倒！

　　罗红卫老师缓缓举起了他的双手，那双手的五根手指抖嗦着，抖嗦着。那是学生们熟悉的手指，上面有着粉笔的香味儿。此时，罗红卫老师正盯着那手指看着，好像那手指是怪物。

许久，罗红卫老师把手指放下来，把自己变成一尊塑像。

那尊塑像存在了也许有一万年，或许更长，长得让学生都坚持不住。

学生们决定要走，他们不敢去打断罗红卫老师的思维。学生们走到墓地管理人员的房子前停下来，那里面坐着一个精瘦如柴的老人。学生们决定问那位老人。学生们就问，那个墓地，是谁的？

老人望着门外很远的地方。

老人的话像是在讲述一段历史，30多年前，有一场运动，那个躺在墓里面的人，被他的学生打死了。

那人是罗老师的父亲？

老人依旧盯了远处，那人他不姓罗，你瞧我这记性，他姓什么来着？但肯定不会姓罗，姓罗的，是他的学生，就是每年都来的那个。

学生们仍不很懂。学生们回到家里，问他们的父母，30多年前，那场运动究竟是怎么回事？家长们半天不语。学生们现在很为难，第二天见了罗老师，该不该对他说：教师节快乐！

# 生命切片

○徐慧芬

这一刻，他觉得自己的心脏仿佛冷却了。他勉强伸出微微颤抖的手，抹去积在眼窝里冰凉的泪水。不是害怕，这种病，他是早就知道有两种结果的。手术成功，可以多活几年，手术失败，直奔黄泉。

是愤恨、委屈、忧伤产生的悲凉。今天这个日子，有可能从此踏上不归路的日子，他的身边应该是有亲人的。妻是早已与他分手了，但是那一双健健康康的儿女呢，那一对也已为人父母的儿女呢，却以"忙"为借口，将老父丢给了外人——一个小保姆，连在父亲床前站一会儿都不肯。在一次次上门搜刮老头钱财的时候，在一趟趟求老头替他们开这个那个后门的时候，他们"忙"过吗？现在老了，退了，病了，他们也忙了！他恨恨地想，势利啊！畜生啊！一条狗呀也还懂得些回报呢！

直到上了手术台，麻药起了作用，他心头的翻滚才平息。

当他睁开眼，发现温暖的阳光透过玻璃窗投射在床上的时候，他才意识到，自己又活了过来。

手术十分的成功。外科主任向他道喜，并把一位中年医生向他介绍："这是刚刚从国外讲学回来的大专家，新中国培养的第一代医学博士，我们特地把他从机场直接接到这儿来救老局长的命，退休老人的命也值钱哪！"外科主任亦庄亦谐。

他吃力地睁大眼睛盯着这位救命恩人：方脸、剑眉、大鼻。似乎面熟，微突起的上颌，有手术缝合过的痕迹。

蓦地，他的心一阵痉挛，一种恐惧使他不由自主闭上了眼睛。

直到他再一次睁开眼，周围已不见了白大褂，他才强迫自己回首往事——将一个他曾丢弃的婴儿与这个有着非凡能力的救死扶伤者联系起来。

是的，不会错，遗传的相貌作证，兔唇缝合后的疤痕作证。

40 多年前，他与一个女大学生偷食禁果，有了这个孱弱的生命，在犹豫了一段时间后，终于将母子遗弃。30 年前，一对患病的老夫妇辗转多处，打听到他这个生父，领着 10 多岁的养子找上门，求他认领，因为这对患病夫妇将不久人世。他那时正在上升阶段，在沉思了一会儿后，"理智"让他严肃地警告找上门的人，是他们搞错了。现在，命运似乎跟他开玩笑，硬把他不要的儿子送到眼前来。

整整半个月，他受着煎熬，到他熬不下去的时候，他终于决定在见到死神前，先在他遗弃的儿子前，说清自己的罪孽。

医院草坪的一角，一张石桌前坐着两个人。一个头发雪白，一个头发花白，相对着像在下棋，然而面前没有棋盘。一个老泪纵横，一个眼圈微红。

倾诉之后是长久的静默。终于，儿子拍了拍父亲的肩膀，轻轻叮嘱：当心身体。

他缓缓抬起头，嗫嚅道："我想问一句，如果当初你知道你要挽救的是一个曾遗弃你的人，你还会赶来吗？"医生沉思了一会儿缓缓说道："这是不用问的，救死扶伤是人道，是医生的天职。"

"那么，我还想问一句，在我行将就木之前，你是否会宽恕我这个罪人？"他的眼中有一种渴望，声音却轻微。

医生沉默了，慢慢站了起来，又坐了下去。

"这个问题，我的看法是这样的，"医生想了一会儿说，"每一个人，一生中难免会犯这样那样的错误，有的错如擦伤点皮，可以原谅；有的错如伤筋动骨，不容易原谅；有的错是粉碎性骨折，无法复原，那就用不上'原谅'、'宽恕'这些词的。"医生平静地打着比方，述说着自己的观点，像在对医学院的学生上课。

他活到60多岁，做了近30年的"官"，还是第一次听到这些让他彻底醒脑的话。一刀见血，虽痛，然而痛快。他的脑子已被人捅了个洞，丝丝光亮开始漫进。望着儿子，他想，所幸的是，他离开我这么个自私的人，塑造得如此之好。

夕阳映过来的时候，俩人站了起来，握着手分开了。

他被儿子救活后又活了多年，临终前，他立了遗嘱，将一切遗产捐献给本市一家孤儿院，遗体供医学院解剖。

# 你担当什么

○ 孙道荣

春节，同学一家从日本回乡省亲，我们一家去看望。

虽然是头一次见面，两个小孩，很快就玩得很熟了，很亲热的样子。我和同学相视一笑，在下一代身上，我们看到了多年前自己的影子。

话题不知不觉扯到了孩子的教育上。

同学的孩子聪明伶俐，活泼可爱，看得出是个好苗子。我问同学，孩子在班里一定是班长吧。根据我的经验，好孩子都是班干部，换句话说，当上班干部，那才是公认的好孩子。同学连连摇头。我又问他，那孩子当什么班干部啊？

同学笑着说，在日本的小学里，根本就没有什么班干部。

我诧异地看着同学，这怎么可能？没有班干部，那怎么分出好学生差学生啊，而且，虽然只是一个小小的班级，也会有许多内勤和杂务，谁来管理呢？

同学将孩子喊过来，让他自己向我介绍一下学校的情况。

这孩子，在日本出生，成长，每年只是在假期和爸爸妈妈一起回趟国，普通话竟然说得很好。小家伙摇头晃脑告诉我，在班级里，他几乎什么工作都做过。刚入学时，因为他个子高，他做过两个月的擦黑板担当。先停一停，擦黑板，担当？这算什么职务啊？孩子笑嘻嘻说，就是负责擦黑板的啊。每节课上完了，擦黑板担当必须负责将黑板擦干净，给下一节课老师使用。

他自豪地说，班级里的工作，我都做过。整理担当（整理教室内的公共图书）、保健担当（带身体不舒服的同学去医务室）、电气担当（开灯关灯）、卫生担当（负责教室卫生）、门窗担当（开关门窗）……我还做过一个月的帮忙担当呢，就是帮老师做一些辅助工作，可有意思了。

我的孩子好奇地看着他的同龄人，插嘴问道，为什么都叫担当啊？

同学的孩子挠挠头皮，想了想，说，因为你要担当起责任啊。班级里的每项工作都有分工，每个人都要担当一到两项工作，过段时间就轮流一下。你担当什么，就得对什么负责。

同学的孩子忽然想起了什么似的，扭头问我的孩子，那么，你都担当过什么啊？

我的孩子不好意思地笑笑，我担任副班长。同学的孩子瞪大了眼睛，副班长是个什么担当，他弄不明白。而我和我的孩子，也不知道该怎么向他解释。

告别同学一家，我一直在琢磨这个问题。我喜欢"担当"这个词，它不是职务，不是官帽子，没有班长的威风，甚至连小组长的威信也没有，但它是一个明细的分工，一个具体的职责。在这个集体中，每个人都必须担当点什么，而一旦担当了，你就得负责到底，担当起一份责任。从日本人的教育，也许我们不难体会出日本人的良苦用心。

从小学、中学，直到大学，我们中的很多人，都担任过不同的班干部。走上了社会，很多人又以谋个一官半职为荣。在官帽子满天飞的年代，弄顶官帽子戴戴，也许不是什么难事。可是，亲爱的官们长们，你们担任了官职，可担当起了应有的责任吗？

无论你担当什么，你首先担当的，应该是一份责任。

# 雨过天晴

○聂鑫森

夏成在太阳升得老高的时候，走出了二舅家的竹篱小院。

夏天了，城里已是燥热难当，这里却清凉舒爽，突然间，他领会到乡村的温馨。二舅和表兄弟们多次邀他来消停几天，他哪里有时间？

当着个厂长，管着几百号人，整天忙得车轱辘似的疯转，想停下都不可能。天明进厂，半夜回家，一上床就困得像喝了迷魂药，喊也喊不醒。老婆在吵嘴时骂他像个太监。他当时一愣，太监？想一想，解嘲地一笑："太监好哇——他闲。可我没那福气。"

这回到二舅家，是被"逼"无奈。银行催还贷款，客户催还欠款，而厂里的产品一批批出去，钱却回不来，只好暂时把生产停下来，让工人放假一个月。可债主盯着他不放，办公室挤了一大片，上厕所都有人跟着。他便悄悄地和副手打个招呼，溜了。他要清静几天，想想对策，当然想得最多的是辞职不干——这厂长不是人当的！

夏成在野地里悠闲地走着，他发现在杂树之间，开着许许多多的牵牛花。猩红、湛蓝、淡紫、洁白，一支支小喇叭朝天吹着，他好像听到滴滴答答的声音。记得小时候到二舅家过暑假，他和表兄弟们在山野间疯跑，一人嘴里含着一朵牵牛花，像含着一支号角，庄严得让人发笑。

夏成情不自禁地摘下一朵牵牛花，含到嘴里。他发现他如此喜欢牵牛花：它开得多么朝气蓬勃。晨开暮谢，第二天又执著地盛开，一点也不气馁。他还发现，在牵牛花旁边，一丝丝一簇簇地长着一种叫"打不死"的植物，细嫩的茎，针状的叶子，呈现出很娇嫩的翠绿，仿佛弱不禁风。其实不然，把它的茎叶即使打揉得稀烂，但过几天，它又长得结结实实，是名副其实的"打不死"，可以入药。

夏成忽然听见背后有脚步声，回过头去，是一个长得很秀气的姑娘，穿着淡紫色的连衣裙，一头秀发披散在双肩，肩上背着一个很大的画夹。好像是受了伤，走起路来一拐一拐的。姑娘对着他笑了笑，夏成也友好地点点头，从嘴里取下那朵牵牛花，小心地捏在指间。

姑娘又笑了，说："看不出你还有这样的雅兴。"

夏成觉得心境突然开阔起来，说："来写生？"

"嗯。可跌了一跤，伤得不轻。"姑娘清亮地笑了起来，并稍稍撩起了裙边，膝盖处有一大块新鲜的血渍。

"在美院读书？"

"嗯。只是，我的写生作业还没完成哩！出师未捷脚先跛，哈哈！"

夏成也哈哈笑起来。

姑娘皱了皱眉，问："你叫什么？是做什么的？"

"绿林好汉，姓夏名成，在这里剪径哩！"

姑娘笑得弯下了腰，然后说："我看出你不是坏人，坏人不会把牵牛花含在嘴里，不会这么小心地捏着花。我叫林兰，美院三年级学生。"

夏成说："我是办厂的，躲债躲到这里来了。"

"躲谁的债？"

"当然是躲公家的债。"

林兰莫名其妙地叹了一口气，说："办厂也挺难的。"

夏成说："你这样子怎么完成作业？"

林兰咬咬牙，说："我们都散居在附近的老乡家里，下来一趟不容易，再困难我也不能这么回去。"

夏成对林兰钦佩起来，说："我给你治伤怎么样？"

"你会？难道你身上带着药？"

夏成随手扯了一把"打不死"的茎叶，在手里使劲搓揉着，一直搓揉到成为一团糊糊，手指间滴着酽酽的绿汁。

"你看你看，这株植物就这样被你残杀了。"

夏成摇摇头，说："它叫'打不死'，缓一口气又活了。来，坐下来。"

林兰一拐一拐地走到树下，艰难地坐下。夏成把这团绿色的糊糊，敷到林兰受伤的膝盖上，再从口袋里掏出手帕，严严实实地扎起来。

"这草药到处都是，每天换两次，保管痊愈。以后，你就不怕跌跤了。"夏成也坐了下来，并下意识地摸摸腰间。

"你想打电话，夏厂长？"

夏成苦笑了一下。

林兰不再说话。她打开画夹，用铅笔勾勒牵牛花、"打不死"的形状。突然，一大片黑云从山那边覆过来，接着响了一声炸雷。夏成蓦地站起来，说："不好，大雨要来了，快走。"

林兰收好画夹，挣扎着站起来，问："往哪里走？"

夏成往四周看了看，说："那里有个护秋的棚子，快！"没走多远，铜钱大的雨点就打下来了。林兰咬着牙，一拐一拐地走着。

夏成说："快，我来背你。"

林兰摇摇头，说："不，我自己能走。"

"对不起，我绝对没有别的想法。"

夏成的心里热热的，他搀着林兰疾走着。终于，他们走进了茅草棚。林兰说："我们胜利了。谢谢你，夏厂长。"

他们分别坐在用木棍做成的十分简陋的椅子上。林兰笑着说："再难，挺一挺就过来了。我想起了一幅画，我有信心把它画好。画一大丛牵牛花，花很大，红红的，像一支支喇叭，昂扬地吹着。旁边再画几蔸'打不死',碧绿碧绿的,用大写意。再题一行款:"连死都不怕,还怕困难吗?"

夏成跳起来,说:"好!真好!希望你能送我一张。"

林兰说:"当然。"

雨停了。不远的地方有几个人在喊着林兰的名字。林兰说:"我的同学来了。再见。"

第二天一大早,夏成告别二舅一家,火速地往城里的工厂赶去。

# 让别人帮你

○刘国芳

　　一直以来，孩子的父亲都觉得欠他的。

　　他救过孩子的命，这天，他在游泳时，看见一个孩子到河边来玩。在河边看见孩子，他总不放心，他跟孩子说："小孩子莫在河边玩。"

　　孩子听话，离水远了点儿。

　　他随后往河中间游去，游了一会儿，他忽然听到岸上有人大呼小叫，说有人落水了。他回头一看，果然看见一个孩子在水里挣扎。他立即往回游，但等他游回来时，孩子已经沉下去了。他水性好，赶紧潜到水里找。潜了几次，他就看见了孩子并把孩子救了起来。

　　救起的孩子脸色发青，毫无知觉。他赶紧匍在地上，让人把孩子担在他背上。这一担，孩子哇一声吐了一地黄水，醒了过来。

　　孩子就这样救活了。

　　孩子的父母，在孩子担在他背上时，就被人喊了来。他们呼天抢地地哭着叫着，看见孩子醒了，他们突然跪在他跟前。他见了，慌了，赶紧扶起两个人，还说："用不着这样，谁见了孩子落水，也会救。"

　　孩子的父亲后来给他送了两万块钱，但他拒绝了，很坚决地拒绝，他说："你以为我救你孩子是为了这两万块钱吗？"

　　孩子的父亲说："可是，我不这样，不安心呀。"

　　他说："拿了你的钱，我才不安心哩。"

孩子的家庭条件不错，有房有车，车还请了人开。没把钱送出，孩子的父亲有一天又给他送来一台手提电脑。他仍没要，也是很坚决地拒绝。孩子的父亲就说："我要怎样做，你才会接受？"

他笑笑说："别老想着送我东西。"

他和孩子的父亲后来成为朋友了，互相会在一起吃饭。孩子的父亲请他，他也请孩子的父亲。他是记者，朋友更多一些，他跟朋友吃饭，有时候也会把孩子的父亲叫来。孩子的父亲本想通过请他吃饭来感谢他，但后来一算，他请孩子父亲吃饭的次数，比孩子父亲请他的次数要多很多。很明显，孩子父亲要感谢他的目的仍没达到。不仅如此，孩子的母亲是老师，评职称时要发论文，他外面认识人，很容易就把这事搞定，帮孩子母亲发了两篇论文。还有，孩子作文写得不好，他有好几次亲自教孩子写作文，让孩子的作文有了明显提高。

这样一来，孩子的父亲觉得欠他的实在太多太多。

有一次，又在一起吃饭，喝了几杯酒后，孩子的父亲忽然红着脸跟他说："我觉得刘记者很坏。"

桌上的人都知道他们的关系，听孩子的父亲这样一说，所有的人都瞪着孩子的父亲。有人甚至对孩子的父亲不满起来，开口说："别人也许会说这样的话，你说这话就让人不可思议了。"

孩子的父亲又喝了一口酒，不紧不慢地说："他总是帮别人，却不让别人帮他，这不是坏吗？"

大家才知道这坏是打了引号的，于是松了口气。

他笑笑，想说什么，又没说。

这后来的一天，他打了孩子父亲的电话，他说："我想去赣州办点儿事，能让你的车送一下吗？"

孩子的父亲说："莫说是去赣州，就是去北京，我也会让司机送你去。"

从他那座城市到赣州有一百多公里，到了赣州的建春门，他下了车。他让司机到处转转，他办完了事，再打电话。但看着司机走了，他却无所事事，他根本没事可办。他后来去游了郁孤台，还在城墙上走了走。看见浮桥上有人往水里跳，他也去了。像人家一样，跳下去游泳。

　　游了一会儿，他上岸了。穿戴整齐后，他打了司机的电话，让司机来接他。

　　很快，他回到了他那座城市。下车后，他给孩子父亲打了个电话，他说："我从赣州回来了，谢谢你！"

　　孩子的父亲说："事办好了吗?"

　　他说："办好了。"

　　孩子的父亲又说："以后你什么时候要用车，打个招呼就行。"

　　他说："谢谢！"

# 信 念

○阿 成

黑龙江境内的业余作者，彼此都是有联系的。看到谁成功地发表作品了，或者征文得了三等奖、优秀奖、提名奖了，就要联系联系，在血泪般的成绩面前，发泄一下，无比地自豪一下。省内的大作家，我们也扯不上。但是，我们不服他们！

我先坐火车到鹤岗，再转长途汽车去梧桐看望一个文友。都说好了，我的那个文友在车站等我。

在附近的一家小饭铺吃饭的时候，文友无奈地跟我说，住他家里是不行了，他的那个娘儿们又从农村娘家整来一大堆的亲戚，大人小孩的，人五人六的，连老爹的寿材上都睡了人了。唉——怎么创作呢。

我吃了一惊说，那我住哪儿？当天返回去可没车了，咋也得明天早晨走哇！

他说，放心吧，安排妥了，在一幢老房子里。

那个老房子虽然破，但比预想的还要好。我们住进了其中的一个屋子里。屋子里的两个临时板铺也行，平平的，阔极了。于是我们边吃边聊。

文坛上让人生气的事真是很多，明明是你想像的东西，他们却说是真事。要是让人一看就是想像出来的东西，那样的想像力笨不笨哪？嫩不嫩哪？丢不丢人哪？目前就是咱们兄弟嘴小，等以后吧……奴隶要翻身哪。不远的将来也有咱们不断接受采访、不断上电视的那一天！

文友说，阿成，你也别瞧不起咱们睡觉的地方。

我说，我没瞧不起，我就要坚持走自己的路。

文友回答，我刚才是说，这个地方，在日伪时期曾是梧桐伪警察分驻所。赵尚志被俘之后，就牺牲在这里。

真的？

文友说，赵尚志可是抗联队伍里的一个大人物啊，他担任过东北游击队哈东支队司令、东北人民革命军第三军军长、北满抗日联军总司令，还有一些衔儿我记不住了，反正挺多的。日本鬼子想抓他想得眼珠子都红了。后来，他们和梧桐警察分驻所共同下了一个套儿，把赵尚志抓住了。

什么套儿？

文友说，挺复杂的。我简单说，就是派了一个假装收山货的特务上山，取得赵尚志的信任后，勾他一同去袭击梧桐警察分驻所，就是现在咱俩住的这个地方。

中埋伏了是不是？肯定的。

对。那个特务还冲着赵尚志的腹部干了一枪。阿成，我到现在还能背下来当时伪三江省警务厅给"满洲国"治安部的报告呢。是日本人写的。

你背背我听听。

他开始背："赵尚志受伤后，仅活 8 小时。当警察审讯时，他对中国人警察说：'你们也是中国人吗？你们出卖祖国，犯下了罪行，还不觉得可耻吗？我一个人死去，这没有什么，但要知道，抗联是杀不完的。我就要死了，还有什么可问？'他痛骂审讯官，狠狠地瞪着警察，而对他受重伤所造成的痛苦，却未发一声呻吟。其最后的表现，真不愧一个大首领的尊严。"

后来，我提议，用酒祭奠一下赵尚志。于是，我们翻身下床，把碗斟满了酒，将酒一圈儿一圈儿洒在地上。

第二天一早，我就走了。

坐长途车离开梧桐的时候，车又路过了那座老房子。看着它离我越来越远了，在灰尘里变得迷蒙起来，心里真的挺不好受的。

赵尚志同志，您安息吧，您对信念的坚持是不会被所有的人都忘记的。

# 别

## ○汤吉夫

很多年以前一个冬日的黄昏，华北平原南端的一个村庄外的土墙边，他们两个在悄悄地约会。

没有风。正在沉落的夕阳，把惨淡的桔红色光线照过来，把他们打扮成了青铜铸就的模样。

他们的棉鞋，踩着墙边松软的沙土，脊背紧靠着斑驳的土墙，各人的手也都别在身后，远远看去，像两串挂在店铺门前的红辣椒。

谁都没有说话。只是久久地默默地呆立着。

夕阳，一寸一寸地落下去，村子里的炊烟渐次地飘起来。

"英子，你真的要走啊?"不知过了多久，低着头的男孩终于开口了，声音小得像蚊子一样。

"嗯。"同样低垂着头的女孩说。她留着一条粗粗的发辫，两腮红得像苹果。

"你舍得走?"

"舍不得。"

"那别走了。"

"不行啊。"女孩扬起头来说，"县里要调人上前线慰问演出，说可重要了。咱们的人和鬼子打了三天三宿，说后来都拼了刺刀……"

男孩也扬起脸，眨眼间，有泪花在闪，晶莹的泪水正在眼眶里打转。

"虎哥，你哭了?"

"没有。"英子的小手就去摸他的眼。

"我老觉得，心里空空的……"

英子悄悄笑道："对啊，你的心已经装进我心里了啊。"

又是沉默。俩人静静地望着远方渐渐落下的夕阳。

"拉钩吧。"英子说。

"拉钩。"虎子说。

两只小手指就缠到了一起。

"好了，"英子说，"钩也拉了，咱们一百年不变哩。"

"不，"虎子说，"一千年不变。"

"对，一千年就一千年。"

集合号声嘀嘀嗒嗒地从村里传过来，英子警觉地对虎子说："哥，我得走了。"

虎子看她一眼，点点头。

英子转身沿着土墙缓缓地走着，一派很不情愿的样子。她的小手摸着墙，指甲在土墙上刻下了一条长长的细线。

虎子凝视着她的背影，终于转身向另一端走去。他的步履也极缓慢，摸着墙的小手也在土墙上留下了一条细细的长线。

他终于走到了土墙的尽头，站稳了，打量着已然走到了土墙另一端的英子。夕阳已近沉没，夜幕徐徐降临，英子模模糊糊的身影，已经看不太清楚了。

然而在最后一抹夕阳微弱的光照下，他看到了土墙上刻下的那条长长的线，他突然感到，那连接在一起的细线，竟然粗重无比，又极其绵长。

他大声喊："英子……"声音竟传得极其悠远，同时，他好像也听到了土墙尽头的英子大声的呼应："虎子哥……"

他再度喊道："一千年不变……"

"一千年不变……"

他的泪花终于滚落下来了。

# 历 史

○胡　炎

## 1

扁鹊见到蔡桓公。

扁鹊说："君有病。"

蔡桓公笑道："我有什么病?"

扁鹊说："病在腠理。"

蔡桓公摇摇头："开玩笑。"

扁鹊说："不及时医治恐怕病将加深。"

蔡桓公正色道："我没病，你们做医生的就是爱治那些没病的人，充自己医术高明。"

扁鹊默然离去。

## 2

他从小就知道神医扁鹊，他也谙熟扁鹊见蔡桓公的故事。

有一次，他梦到了扁鹊。

扁鹊穿着素色长袍，胡子很长，眼神里藏着些忧郁。其实扁鹊在他的想象中一直是这个样子，很长一段日子里他甚至有些欣赏这种忧郁。

扁鹊说："你有病。"

他说："真的吗？"

扁鹊说："真的。"

他问："病在哪里？"

扁鹊说："脑子里。"

他笑了："神医，我一直很崇拜你。但这次你误诊了，我刚做过体检，身体倍儿棒。"

扁鹊坚持己见："若不及时医治，恐怕病将加深。"

他说："我真的没病。你们那时的医术也许已跟不上当今的高科技了。我不怪你。"

扁鹊无言，消失在一片雾里。

## 3

十日后，扁鹊又去见蔡桓公。

蔡桓公说："你又有何话讲？"

扁鹊说："君的病已入肌肤。"

蔡桓公有些不耐烦："又吓唬人不是？"

扁鹊说："不治会更严重。"

蔡桓公冷下脸道："得了，得了，没事儿外边凉快去！"

扁鹊摇摇头，叹一声走了。

## 4

多年后的某个晚上，他又做梦了，一个很长的梦。扁鹊再次在梦中不期而至。

扁鹊依旧面露忧容，胡子似乎比先前更长了些。看上去，扁鹊明显增添了几分老相。

他说："神医又来光顾，请坐。"

扁鹊没坐，站在他的正面，盯着他。

扁鹊说："你的病又深了一步。"

他说："还是在脑子里吗？"

扁鹊说："是的，一颗毒瘤。"

他认真地说："没有！神医，你真的错了！"

扁鹊说："我没错。"

扁鹊有些激动，喉咙里发喘。过了会儿，扁鹊接着说："一种流行病。很多人都患了这种病，所以你就察觉不出来了，反而以为这是正常的。"

他这次的确生气了："信口雌黄！什么神医，不过一个十足的庸医罢了。"

扁鹊闭上眼，说："等着瞧吧。告辞。"

## 5

扁鹊再见到蔡桓公，是又一个十日之后。

扁鹊看一眼蔡桓公，转身就走。

蔡桓公困惑不解。他原以为扁鹊会再发一通荒唐的"高论"——他觉得扁鹊今天的行为甚是反常。

蔡桓公就派人追问。

扁鹊说："病在腠理，热敷即可；在肌肤，针刺便愈；在肠胃，火剂见效；在骨髓，百药无治。而今桓侯的病已入骨髓，我只能徒叹奈何了。"

五日后，蔡桓公体痛，派人寻找扁鹊，踪影杳然。未几，蔡桓公驾鹤西去。

那时，扁鹊已经身在秦国，他不愿做一个毫无意义的殉葬品，因而他只能成为一个千百年的流亡者，别无选择。

# 6

现在，他睁着失神的眼，靠在一隅。他清晰地看到了对面的扁鹊，很真实，不是梦。

他说："神医！"

扁鹊说："不，我是个庸医。"

他说："不，你是神医！"

扁鹊黯然道："我不够格。我既不能让病人相信自己有病，又不能强行给病人治病，只能眼睁睁地看着病人病入膏肓……我算什么神医呢？"

他叹了一声："唉，这怪不得你。"

扁鹊的两腮有些抽搐，眼睛里涌动着两汪晃晃闪闪的液体。

他说："其实我知道自己脑子里的病。"

扁鹊一惊："哦？"

他使劲点点头："对！从市长到死囚……我病得太重了、太重了……"他的眼睛里滚下了两串沉甸甸的泪珠。泪光中，扁鹊转过身，缓缓走入历史，留下一个憔悴的流亡者的背影。

他低下头，也走进了自己的历史之中。

他希望和扁鹊在历史中再次邂逅。

# 戏 子

○梅 寒

那年，父亲牵着青梅的手前去找他学戏。

那时的乡下女娃，因为家里穷，被送到戏班子去混口饭吃的不在少数儿。她却没有像那些女孩子一样愁眉苦脸地去。她喜欢戏，早在去那里之前，就不止一次在戏台子上看过他的表演。

她点名要求跟他学戏。那个戏台上飘着黑胡子白胡子的叔叔，从此就成了她的师父。

师父第一次坐在枣红色的太师椅上认真打量她时，眼眸里就不由轻轻闪过一丝惊喜的波光。这个女娃娃，面若新月，目如点漆，眉角轻扬，紧抿的嘴角，透出一股淡淡的英姿之气。天生就是唱戏的料。

师父看得没错，青梅是天生的戏子。师父在前面，唱念坐打，一招一式认真地教，青梅和她的师姐师妹们在后，一招一式认真地跟着学。满屋十几个青葱水嫩的女孩子，数青梅学得最快。她们模仿得师父的动作，唯青梅摩得来师父的眼神与神情。

师父却并不因此而对青梅的要求降低半点。弯腰，压腿，走步，青梅做不标准的动作，师父"卡"一下就帮她做到位。一声脆响，一阵锥心之痛，青梅倒吸一口凉气，眼里便有了泪光。

吃不得苦，就不要到这里来。师父连看都不看她，语气冷得像腊月天窗外玻璃上的冰碴子。

青梅忍了泪，一遍又一遍苦练。

青梅苦练的结果是，几年时间，她已是戏班子里小有名气的角儿。她甚至可以，与师父同台对阵。

其实，师父的冷，是在排练场上。走下排练场，师父就是那帮女孩子和蔼又可亲的父亲。他给女孩子们烧大锅的热水，让女孩子们疲乏不堪的脚在温热的水波里重新恢复青春的活力。他给女孩子们煮面汤，每次开始吊嗓子之前，他让每个弟子都先喝上热热的一小碗。那是师父自己独创的护嗓良方。他甚至会在女孩子们想娘想家的时候，给她们送上几个温暖风趣的小段子。

师父在青梅的眼里，慢慢就成了世上少有的好男子。尽管他已经不再年轻。他的年纪可能比青梅的父亲还要老。

青梅与师父第一次隆重同台演出，是她16岁那一年。当地一家乡绅唱堂会，点名要师父的《长生殿》。师父毫无悬念地出演唐明皇，他却需要一位弟子来演他的贵妃杨玉环。师父的目光炯炯，环顾一周最后落在了青梅的脸上。

青梅的心，在那一刹那泛起喜悦的涟漪。脸上却没来由地飞起两朵淡淡的粉桃花。

"长生殿前七月七，夜半无人私语时……"着了戏袍化了戏妆的师父，在铿锵锣鼓咿呀的京胡声里踱步向青梅而来。台上的青梅有刹那恍惚。她忘记了自己是人间的青梅，心念动，眼波转，朱唇轻启，台下黑压压的观众不见，天地间只剩下她的三郎，她的帝王："……在天愿为比翼鸟，在地愿为连理枝……"

一曲唱罢，台下掌声如潮，叫好声连成一片。青梅与师父，不，是贵妃与她的三郎，相视会心一笑，四目在空中轻轻碰撞，就碰撞出"滋啦啦"的爱情火花。

那样的爱情，却注定只能在戏里。现实没有那份爱情生存的土壤。最先站出来反对的就是青梅的父母。父亲说，一日为师，终生为父，徒弟跟了师父，伤风败俗败坏门楣。母亲反对的理由不像父亲那样堂而皇之，态度却远比父亲更加决绝。她眼看着自己种下的树已结出诱人的果，她想借那颗诱人的果来吸引那些高官显贵。她决不允许那个老得可以做青梅父亲的穷戏子来摘她掌心这颗果实。

面对青梅家族来势汹汹的反对，师父眼眸里的火光就慢慢黯淡下去。他本游移，只是情难禁。青梅家人的反对，给了他痛苦，也给了他反击自己的勇气：青梅，你走吧。

师父狠心地扭了头。青梅眼里，就堕下委屈的泪。

青梅果真走了。是在一个月黑风高的夜晚，被家族里的男人们强行给押回去的。

青梅又在离开师父半个月之后重新回到了师父的身边。半个月，长如半世纪。半个月里，青梅像一枝失水的玫瑰，迅速枯萎下去。为了那份不合时宜的爱情，青梅绝食，负气吞金。好在，在她濒临死亡的边缘，她都幸运地被救回来。被救回来的青梅依然日日夜夜念叨她的三郎，终是把父亲念叨得烦了。他将她的行装往小包裹里一裹，扔到了她的脚下：去找你的三郎吧，从此是死是活，别再回来见你爹娘。

青梅哭了。那一回。她的泪水是为爹娘而落。

青梅最终与她的三郎走到一起。

戏子无义。知晓那段爱情的人常会把各种复杂的眼神落到他们身上。

穿上戏服，他们演戏，唱戏，以戏糊口，以戏来滋养他们漫长的人生。脱下戏服，他们买菜，做饭，生儿育女，与红尘俗世里的夫妻没什么区别。他们在世人的眼里做了一辈子戏子，也做了一世的夫妻。

入得戏，也出得戏。他们是真正的戏子。

# 父亲的影子

○陈永林

村人都喜欢我。谁家有好吃的，如炒了蚕豆花生，就大把大把地往我口袋里塞；谁家饭桌上有两条鱼，非得夹条鱼给我吃。村里的小孩羡慕我，他们都问我，他们为啥都喜欢你，不喜欢我？我说，我也不知道。

那时的我成了孩子王，村里的同龄小孩都听我的话，我想欺负谁就欺负谁，我甚至敢欺负比我高半个头的小孩。他们都不还手。有一回我拿石头扔大我 3 岁的石头，他只跑，不还手。我以为他怕我，便追他。石头站在那儿对我说，你别以为我打不过你，我是让你。就为你爸是个好人，你爸治好了我妈的病，还没收钱。不是看在你爸面上，我早把你打得头破血流了。小子，别太猖狂，村里所有的小孩都是让着你。

父亲也总骂我，我积攒了半辈子的好名声要毁在你手里了。父亲有时气得打我，母亲便把我搂在怀里，与父亲转着圈。父亲便对母亲说，你会害了他的。

混到高中毕业，我便整天同一些不三不四的人在镇上混。父亲要我跟他学医。可我就是不想做赤脚医生——有时半夜，都得被村人叫醒，睡觉都睡不安稳。尤其是刮风下雨的冬天，得从热被窝里爬起来去病人家。

父亲说，苦一点，累一点怕啥？我赚到了好名声。

其实我不跟父亲学医主要还是不想活在父亲的影子里，担心别人总拿我同父亲比。父亲的影子却时时追随着我，甩都甩不掉。

我在镇上玩电子游戏时，许多人都在说，陈医生怎么生了这么一个不务正业的儿子，唉！

　　为了逃出父亲的影子，我来到县城。我想县城里认识父亲的人总少吧。我们几个人疯狂地玩，县城里玩的东西比镇上玩的东西多。但玩要钱，吃也要钱，我们身上的钱很快花完了，我们只有铤而走险去偷。

　　但第一次偷就被抓住了。一男人要报警，我们都很害怕，怕坐牢，更怕家里人知道我们做小偷的事，都跪下求他别报警。他仍报了警。他问我是哪个乡哪个村的。我说是鄱湖嘴村的。他又看了一下我的脸，说，你不是陈医生的儿子吧？我不出声，同伴兴奋地说，是，他是陈医生的儿子。警察来了，那人给警察一个劲赔不是，说我们同他是一个村的，来他这儿玩，他以为是小偷，误会了。警察便走了。他掏出100块钱递给我，说，你们走吧。今天放过你们是看陈医生的面子。那时我家穷，连看病的几块钱都拿不出，可你父亲给了我药，给我打了针。那男人竟然掉眼泪了，我一辈子都记得你父亲。

　　我便来到市里，市里总没人认识父亲吧。

　　但我错了。我们喝多了酒，三个人骑一辆摩托车兜风。摩托车撞在一棵树上，我们都昏过去了。因马悦坐在最后，伤得最轻。他醒来后，拦了辆车，把两个同伴送到医院。医院竟要先收五千元押金，但马悦口袋里只有几十块钱。马悦一见医生就问，认识陈茂林医生不？马悦一连问了十几个医生，才有一个医生说，你是说鄱湖嘴村的陈茂林医生？他怎么啦？马悦说，他儿子出了车祸，因交不起押金正躺在医院门口。那医生忙叫护士把我们推进了急救室。

　　我醒来后，那医生对我说，你父亲是个好医生。小时我发了三天高烧，烧成肺炎。你父亲一边骂我娘，一边背着我就往镇医院跑。如不是你父亲，我可能已不在人世了。我学医同你父亲有很大的关系，我想做一个像你父亲一样的好医生。

出院后，我来到了省城。

我不想再混日子。我四处找工作却找不到，我连吃盒饭的钱都掏不出来。小偷小摸的事，我再也不愿干了。我只有捡破烂卖。晚上就睡立交桥下。后来一家公司招仓库管理员，我便去了。公司负责招聘的人见我落魄的样，只说了两个字，不要。我说了许多好话，可他脸上一点儿表情也没有。我最后试探着说了句，你认识陈茂林医生不？我是他儿子。哪知奇迹出现了。他说，你真的是陈医生的儿子？我点点头。他很激动，你爸真是个好人。记得没钱交学费，一个人站在学校门口哭，你爸知道后，给我交了学费。

过年时，我回家了。我对父亲说，爸，我要跟着你学医，成为一个像你一样的人。

我也知道父亲的影子会一辈子紧紧跟着我。

# 生活中的考试

○赵文辉

在广州火车站，一个大约 20 多岁的乡下妹子，背着一个用化肥袋改制的行李袋，手提一只破包，目光焦灼地四处张望着，看她脸上挂着的那副焦灼可怜的样，就知道她肯定遇上了什么难心事。车站上人来人往，但碰见她目光的人，尤其是那些衣着整洁的旅客，都赶紧躲开。谁知道她会冷不丁提出一个啥要求呢？

"你好……"果然，她开始主动与人搭腔，可是不等她把话说完，人家就赶紧冲她摇头，然后快速走开。她有点失望，却不灰心，继续挨着候车室一个通道一个通道地踱过去，目光依然在旅客们的脸上逡巡，好多人都用报纸挡住脸或头一歪闭上眼装睡。她很奇怪，自己像一个骗子吗？

这时，她踱到了广州至东莞的候车通道。她看见一个学生模样的小伙子离开售票窗口，一边朝长排坐椅走去，一边很小心地把车票装进衣兜里，还用手摁了摁。她走了过去，朝他怯怯地问："哎，对不起，帮帮我好吗？"

"你要我帮你什么呢？"他很奇怪，在这个世界上，他一直都是被可怜的对象，可现在，居然有人请他帮忙。

她说："我要去找我的姐妹，可我身上一分钱都没有了。你能给我买张车票吗？"

他听后，脸"腾"地红了，摇摇头，片刻，又点点头，随即从身上摸出一张钞票："我……我只剩下 10 块钱了，够不够？我刚买过车票，在广州找不到工作，想换个地方。我是中专毕业，文凭太低了。"他很窘迫地揉着那张钞票，倒好像是他在向别人借钱。

"谢谢你的好心。"她很失望地离开了他。

忽然，他好像一下子想起了什么，冲她喊了一声："你准备去哪儿?"乡下妹子回头望了他一眼，说"东莞"。他听了后，从身上摸出刚买的那张车票，稍微犹豫了一下，还是走过去，把车票递到她手里："去找你的姐妹吧，祝你好运！"

她微微笑了一下，接过车票后，问："那你怎么办?"他想了想，说："就这 10 块钱，坐到哪儿是哪儿，我就在到站的地方下车找工作，没准儿还能找到一份意想不到的好工作呢！"

10 块钱只买了两站路，很快就到了。车停下来后，他下了车。走出车站，望着人流如织、车辆穿梭的广场，他茫然不觉身在何处，又该往何处去。正惆怅间，他隐隐觉得身后站着一个人，一回头，竟是她！

她冲他粲然一笑，问："后悔了?"

他摇摇头。

她招手叫来一辆出租车，打开车门，冲他做出请的姿势。

他惊讶地望着她。

他真的得到了一份好工作，一份意想不到的好工作，因为她是一家玩具公司老板的女儿。她在广州车站的举动其实是一次化装招聘，目的是想替父亲寻找一些在商业社会中未被污染的人，来充实公司的中层管理队伍。

一张车票，改变了一个中专生的人生。很多人都认为这纯属偶然。其实，这种偶然中绝对蕴藏着必然。不是有那么多人都在这场考试中败下阵来吗？生活处处是考场，只有那些腹藏"黄金"的人才能拿到高分！

# 改变，或者改善

○艾　苓

家里的自行车都上了年纪，动不动就闹点毛病，我便频频光顾修车的地方。

附近有家修车铺，我最初把车推那儿去。师傅50多岁，不苟言笑，问：哪儿坏了？

我说：带扎了。

他说：我最不愿意补带了，一个窟窿眼才1块5，根本不挣钱。

他说不愿意补带，还是动手干了。一边干一边嘟囔：有些人也不知道怎么回事，车带总扎。我是干这个的，补带方便，可我的车带从来不扎。

车是儿子的，我能想象出他放学路上狂骑狂奔的样子。我很有耐心地掏钱为他补带，师傅已经没有耐心了。师傅接着跟我聊天：修车最没劲，忙活一天也挣不了几个钱，没本事的人才干这个。

我再去修车，他问：哪儿坏了？

我说：车链子掉了，卡在轮子上，后轱辘动不了。

他打量一眼自行车说：修了这么多年车，没谁为这事找我，人家自己都能弄出来。

他弄了一会儿没弄出来，便开始拆卸。屋里原本有个人，看他忙就走了。他自顾自地嘀咕：这人没事总在这儿猴着，最烦人了。

师傅收费不高，也许还很善良，但我再没有去他那儿修车。他太喜欢抱怨了，抱怨别人，也抱怨自己，我怕我的情绪受到他的传染，不是说近墨者黑吗？

竖起耳朵听听，周围的抱怨声还真不少，差不多是怨声载道了，好像谁都能找出 N 个抱怨的理由，然后理直气壮地抱怨。抱怨米菜涨价，抱怨环境卫生差，抱怨工作不如意，抱怨配偶不优秀子女不争气，等等等等。他们年复一年地在抱怨中生活，日复一日地在抱怨中老去，却很少采取行动。

我不喜欢抱怨。活着本来就不轻松，抱着抱怨不放，不是更累吗？对什么事情有所不满的时候，我考虑的是：改变，还是改善？

总有一些事情是我能够决定的，我就去改变它。更多的事情不是我能够决定的，即使我努力也不可能根本改变，我会考虑如何改善。

比如物价。我改变不了上涨的物价，也改变不了工资额度，那不是我能够决定的。但我可以砍去不必要支出，调整各种支出额度，让家里的日子正常运行。只不过，原来就捏着钱包过日子，现在要把钱包捏得更紧些。精打细算的时候，我还经常鼓励自己，越是这种时候，越能锻炼家庭主妇的本事。

前些天，自行车坏在半路，我就把车推到路边的修车摊。师傅60岁左右，穿的皮袄污迹斑斑，已经看不出本来颜色，两个袖子都开了花。他个子矮小，十根手指却异常粗大，挂着厚厚的油泥。

正赶上降温，在冷风里站一会儿，就有两串清鼻涕悄悄溜出。我问师傅：冬天你也在这儿修车吗？

他看了我一眼，露出牙齿，牙齿不很白，在他灰黑色的脸上白光一闪。他说对，干起活就不冷了。

我接着替他操心：水搁在外面就冻，你怎么补带啊？

他安慰我说：补带是补不了，修别的地方，冬天没几个人扎带。我这活挺好的，挣点辛苦钱。有活的时候干活，没活的时候看街景。

我当时感觉一震，特想向他，向所有快乐的劳动者致以我哆哆嗦嗦的敬礼。修车摊前面是十字街，穿梭的车辆，匆匆的行人，叫卖的商贩，可不是流动的街景吗？生活有时多么简单，在很多事情无法改变的时候，我们至少可以改善自己的心态。

# 陶渊明

○ 曾　平

陶渊明很想做官。

他到彭泽任县令后，他不再念"采菊东篱下，悠然见南山"。他高吟"长太息以掩涕兮，哀民生之多艰。"

陶渊明很想做个好官。

陶渊明已经接到上司好几叠大红请帖。老太爷老夫人祝寿小姨妹小舅子结婚生孩子送礼的时候太多太多。他借故到基层搞调研，推了。这次他无法推。上司已经威风凛凛地跨进他的衙门了。

上司说：我用请帖是给你面子。其他人我从不用请帖。你不同，你是诗人。

陶渊明大喜，说：大人，诗，卑职有的是，你需要什么，我马上送。陶渊明吩咐小厮快快取诗稿来。

上司摆摆手止住，似经过深思熟虑。上司语重心长：你这个岗位，我可以卖好几千两银子啊！

上司不要诗，要银子，上司到上边打点娱乐吃喝楼台馆所香车宝马拥红揽翠需要很多很多银子。

上司把手伸向陶渊明。

陶渊明慌了，连忙说：大人，我每月只有五斗米啊！

上司哈哈大笑，说：谁要你的五斗米啊？

上司问：你不会伸手？

上司说：我向你伸手，你不会向下边伸手？

陶渊明大汗淋淋，说：手一伸，我的心就没有了，没有心，我的诗就没有了。

上司哈哈大笑，差点把泪笑出来。上司说：心有鸟用！诗有鸟用！银子有用，权力有用！上司问：懂吗？

陶渊明摇着头，说：不懂。

上司挺有耐心，说：你先别表态，晚上再仔细琢磨琢磨，明天再回话不迟。

陶渊明把着一盏酒，对着闪闪发光的彭泽大印冥思苦想。时间似乎死了。陶渊明不明白，自己的心为什么钻进大印中始终不愿出来？

……

鸡鸣，划破夜的静寂。陶渊明长长地叹了口气，把彭泽县的大印高高地悬在大堂的梁上。

陶渊明始终不明白，为什么自己凝望那高悬的大印久久不忍离去呢？

为什么有泪如雨般从眼中轻轻飘落？

陶渊明干脆找来一张凳子，坐下来，静静地守着烛光和夜色沉思。

慢慢地，陶渊明醒悟了。原来自己老在想：我走了以后，来的那个人会怎么样呢？

# 执 著

○刘　柳

　　一个孩子总在海滩上寻找，寻找他心目中那枚最美、最稀罕的贝壳。他为此不知丢失了多少色彩艳丽的宝贝，别的孩子已满载而归了，可他还在寻找，不停地寻找着……

　　数十年过去了，这个经常在海边寻找贝壳的孩子已变成了老人。海滩上一群群孩子提着装满贝壳的小篮有说有笑地走了，他还在寻找着心目中最美丽的贝壳，海风轻柔地吹拂着他的衣服，花白的头发随风舞着，沙滩上留下他长长的脚印……

　　老人走累了，坐在沙滩上，看着身边一个个满载而归的孩子，老人笑了，然后拿出日记本写着：日子如斯般过去，靠着那股执著——永不放弃要找到最美丽的贝壳这种精神，我成功了，拥有辉煌的事业和令人羡慕的财富，我不想放弃孩提时的寻贝之梦，我还得寻找……老人抬起头，看着天边美丽的夕阳，在笔记本上写上了一串省略号。

　　一个孩子走近了老人，看着他的笔记说：老爷爷，你的寻宝之梦是什么？

　　我一直在寻找心目中最美、最稀罕的贝壳，但一直都没找到。老人平静地说。

　　孩子的眼中闪着亮亮的光，我也在寻找最美的贝壳，但总找不到，我真不想找了。孩子懊恼地把手中一把贝壳扔在沙滩上，看，全都不是我最想要的。

老人笑了，还有勇气继续找下去吗？

孩子看着老人手中的笔记本，瞪大了眼睛，想把笔记看穿似的，继而，坚定地点着头，看着老人说：我会像你一样，我不会放弃的。

老人拍着孩子的头说：你会成功的，因为你拥有执著。

于是，海滩上总有一个孩子在寻找他心目中那枚最美、最稀罕的贝壳，他为此不知丢失了多少色彩艳丽的宝贝，别的孩子已满载而归了，可他还在寻找，不停地寻找……

海风轻柔地吹拂着他的衣服，头发随风舞着，沙滩上留下的脚印写下了坚定与执著。

他会成功的。海水唱着。

# 下山一条路

○ 符浩勇

下山更比上山难。

我偕同妻儿在卧龙山险峰尽兴游趣，已近黄昏时分。正待寻路下山，但四处深谷百丈，长风啸啸，山岚野雾间，依稀可辨一条羊肠小路依崖延伸而下……

妻见状已胆怯心惊，儿望着却步悸叹。

我的心里也开始发怵：早晨上山时，就听说上山下山就这条唯一的小路。我们是提着心跟随先行人攀援而上的，而他们或许早下山去了。

时间悄悄逝去，夜幕渐渐降临了。

恐惧与惊慌笼罩着妻儿。妻几乎要哭了，儿倦靠在他妈妈的怀里。我茫然无措，与妻儿相对无言。

这时候，山上游人稀疏。几间咸淡小店铺已打烊，仅有的一家客栈，也掌起灯火，可容留游人过夜，但我上山时带的钱所剩无几，况且在山下我已订了近400元的套房。即使在山上过夜，次日也得沿着那小路下山去。我犹豫再三，还是敲开一家小店铺的门，侥幸打听是否还有别的下山的路。

小店铺的主人是一个清秀的姑娘。她听明我的来意，满脸困惑，她看我妻儿无望的神色，沉吟一下，说："别害怕，我带你们绕道下山。"

"真的，下山还有别的路！"我大喜过望，几乎喊出声来。

姑娘轻盈地出门，从妻的怀中抱过孩子，我与妻子拎着行李，跟随在她的后面，从一条仄小蜿蜒的小路移步而下……

　　路上，姑娘谈兴颇浓，轻声柔语，娓娓道来，说起我们此行无暇游览的景观。妻又开始有了笑声，儿下地自己走，渐渐地，我们恐慌的心绪消退了。

　　……终于，眼前出现一片平坦，到了山脚下。我赶忙摸衣袋，还未掏出钱，姑娘就婉谢了，说："其实，下山并没有别的路，同上山一样，下山走的也是这条小路……"

　　我目送着她的身影，凝想起来……

# 让 梨

○ 邱成立

有弟兄俩，是双胞胎。弟兄俩不但相貌长得像，还有一个共同的爱好，都特别爱吃梨。

有一天吃过晚饭，母亲拿出来两个梨，一个大梨，一个小梨。兄弟俩嗷嗷叫着，就要扑过去抢那个大梨吃。母亲连忙拦住他俩说："你们俩都听说过孔融让梨的故事吧？"弟兄俩一齐点点头，母亲接着说，"人家孔融4岁就能让梨。你们俩今年都8岁了，也该学学孔融让梨吧？"弟兄俩又一次点点头。

母亲先问哥哥："你是哥哥，你先说，你想吃大梨还是小梨？"

哥哥看了看桌子上那个黄澄澄的大梨，又看了看母亲和弟弟，说："你让我说实话还是说瞎话？"

母亲说："当然说实话！"

哥哥使劲儿咽了一口唾沫，用手指着那个大梨说："我想……想……吃……吃大的……"

"啪"的一声，哥哥的脸上挨了一巴掌。

母亲转回头又问弟弟："你说，你想吃大梨还是小梨？"

弟弟看了看桌子上那个黄澄澄的大梨，狠狠地咽了一口唾沫，说："我想……想……"话说了半截，弟弟看到了哥哥泪流满面的脸和脸上五个红红的指头印，立刻伸手拿起了那个小梨，说："我是弟弟，大梨让哥哥吃吧！"

哥哥听了，咧开嘴笑了，脸上的泪也顾不得去擦，伸手就去拿大梨。

"啪"的一声，哥哥的脸上又挨了一巴掌。

母亲从桌子上拿起大梨，塞到弟弟手里，又从弟弟手里夺过小梨，塞到哥哥手里，对弟兄俩说："记住：想占便宜的人，往往占不到便宜！"

哥哥看了看自己手中的小梨，又看了看弟弟手中的大梨，显出一脸的无奈。

过了几天，吃过晚饭，母亲又拿出来两个梨，仍然是一个大梨，一个小梨。母亲对哥哥说："今天还是由你先挑，你说吧，想吃大梨还是小梨？"

哥哥说："让我说实话还是说瞎话？"

母亲说："当然说实话！"

哥哥毫不犹豫地说："我想吃大的。"

"啪"，哥哥的脸上挨了一巴掌。"我再问你一遍，想吃大梨还是小梨？"

"大梨！"哥哥的脸上很快显出五个指头印，可这次哥哥却忍住了，没有哭。

母亲失望极了，转回头问弟弟："你呢？你想吃大梨还是小梨？"

弟弟害怕极了，用手悄悄地指了指那个小梨，又赶快把手缩了回来。

"好孩子，"母亲说着，把大梨塞到了弟弟的手里，自己拿着那个小梨吃了起来。吃完梨，母亲对弟兄俩说："记住：想占便宜的人，有时候反而吃亏！"

20 年后，弟兄俩长大成人。哥哥做了法官，说出的每一句话都代表法律的尊严。弟弟却成了诈骗犯，说出的每一句话都是美丽的谎言。

在庄严的法庭上，法官哥哥问罪犯弟弟："什么时候学会了骗人？"

罪犯弟弟想了想，说："从那次让梨……"

# 最美丽的语言

○侯发山

有一次我们几个大学同学聚会，在交杯换盏海阔天空地闲聊的时候，不知怎么聊到了"最美丽的语言"这个话题，大家七嘴八舌地议论开了。老李说，汉语是我们的家园，它是世界上最美丽的语言。汉语被唐诗、宋词、元曲等典雅的文学样式不断擦拭，温润过我们的心灵；汉语带领我们穿越五千年历史文化隧道，承载着世界上唯一没有中断过的中华文明……

大李的话得到大多数人的赞同，有的说汉语并不仅仅属于汉民族和中国人，汉语是全人类的汉语，汉语是人类文明历史最伟大的、最独特的结晶。有的说世界汉语热正在持续升温，世界上有100多个国家的2300余所大学开设了汉语课程，学习汉语的外国人达到3000万，法国巴黎的街头就矗立着这样的广告牌：学汉语吧，那将是你未来20年的机遇和饭碗……汉语是世界上最美丽的语言，这话没错。

曾在法国留过学的大马反驳说，我们都学过都德的《最后一课》，从那篇文章里我们知道法语才是世界上最美丽的语言。法国向来是文化之都、艺术之都，法兰西人的浪漫情怀也是人人皆知。法语是联合国的正式语言，是唯一一种在世界上几乎所有国家都教授的外国语……

大马的话还没说完，当年的老班长文枫就摇摇头，说手语才是世界上最美丽的语言。我们都一愣怔，不约而同地追问一句：手语？文枫点点头，说春节联欢晚会上的舞蹈《千手观音》大家都看过，当那一群聋哑姑娘结为一体，以千手观音形象立于莲花台上，在镶嵌着一千多只手的金碧辉煌的拱门下，用柔美的手势和绚丽的色彩，诉说着内心世界的美丽话语时，我们所看到的是优美动人的舞姿、美轮美奂的舞台造型，而根本就忘记了她们是一群聋哑人。没有语言，它却让我们感受到了爱的温情、爱的阳光。所以，我觉得手语已不单单是聋哑人交流的语言，它更是空灵的舞蹈、白描的画面、想象的诗句。手语，让我们看到了另外一种世界，它无声而美丽，就像盛开的鲜花一般。

一时间，大家都感慨不已。是啊，当《千手观音》组出"盛世开屏"的画面，千只纤手曼颤，千只慧眼闪烁，很多观众都哭了，鼓掌的双手都在颤抖，澎湃的情感渐渐平静，观众的心灵被深深地震撼着。金光一刻，价值万千，那不正是下凡的观音给予人间的慈悲吗？这个节目毋庸置疑地被评为特别奖。在一个没有声音传递、没有语言表白的节目中，是手语牵动了不同民族、不同境遇、不同年龄的亿万中国人的心！

顿时，我的思维活跃起来，说要是这么说，微笑该是最美的语言。看到大家惊讶的目光，我说微笑是问好，当你与一位从未见面的人相遇时，奉上一个微笑，它可能是你们今后友好往来的前兆；微笑是安慰，当自己沉醉于忧伤之中时，朋友的微笑会给你如沐春风般的温暖；微笑是鼓励，当自己被困难压得快要落泪时，别人送来一个微笑，会让你顿时增加勇气和力量；微笑是祝愿，孩子总是用微笑仰望风筝，那是孩子对风筝最好的祝愿；微笑是感激，月亮总是微笑陪伴星星和长夜，那是它对星星和长夜最真诚的感激。

大李带头鼓起了掌，说不愧是作家，说起话来像唱歌。

我继续侃侃而谈，说朋友的微笑给人亲切，让人感到浑身的惬意；陌生人的微笑会给人友善，让人感到世界的友爱；母亲的微笑会给人力量，让人感到母爱的伟大；晚辈的微笑会给人以尊敬，让人感到成熟的高贵。人们总是用微笑迎接朝阳，总是用微笑送别夕阳。当别人误会你，弄得彼此尴尬时，给他一个微笑，这是远比"没关系"、"我已原谅你了"更感人的语言了；当别人无意伤害了你，不要埋怨，给他一个微笑，它会给你带来好友；当别人以冷漠的目光望你时，不要责怪他，给他一个微笑，它会给你带来友情……微笑像鲜花一样迷人，像蝴蝶一样美丽，像春风一样温暖。无论是过去还是现在，或者是在天的那一方，在水的这一面……所以我要说，微笑永远是最美的语言。

文枫的女朋友也被我们的话题所吸引。她忍不住插嘴说，我在一家杂志上看到过这样一篇纪实文章，有一个七八岁的小女孩，她心地善良，助人为乐，每在街上看到乞讨者或是残疾人，她就会掏出身上的零花钱给他们，或是给他们买来面包；看到孤身一人的老人过马路，她就跑过去搀扶……有一天，她不幸遭遇车祸，头骨严重破裂，医生宣布女孩脑死亡。当医生建议她的妈妈捐献女孩的器官时，妈妈决定征询一下女儿的意见。妈妈流着泪俯在女儿耳边，轻声问道："宝贝，你同不同意将器官捐献出来，救助其他不幸的人？你如果同意，就让心跳加速跳一下吧。"令在场的医生感到惊讶的是，尽管女孩的脸部依旧毫无表情，但仪器却显示，听到妈妈的问话后，她的心跳立即从每分钟80下突然上升到95下。于是，妈妈强忍着悲痛对医生说："我知道她同意了。她用心跳来告诉我她同意。"……这件事情被媒体记者知道后，他们在报纸上刊登文章，说心跳是最美丽的语言。

文枫女朋友的话把大家彻底震撼了。沉默了几分钟后，一直躲在角落没说话的大美女静言开口说话了。她说，其实，不论微笑也好，心跳也好，我认为都是"爱"！爱有一万种表达方式，爱却是人类唯一共同的语言，不需要诠释，不需要表白，可以是千只手，万颗心，也可以是一个微笑，一次握手，一声问候……爱是一种最原始但又永恒的情感，一种不可名状但又无处不在的情感，一种力量无穷的情感……爱，犹如黑暗中的一片光明；就像沙漠中的一泓清泉；好似孤岛上的一艘小船；又仿佛是寒冬中的一缕阳光……爱难道不是人类最美丽的语言吗？

在一片热烈的掌声中，我们结束了这个难忘的话题。

# 邮　票

○周　波

　　小松在下课的时候，向全班同学宣布，他有一张很珍贵的邮票。同学全张大嘴露出羡慕的神色问：什么邮票？

　　"文革"时代的邮票。小松豪迈地说。

　　那是很珍贵的！大家惊呼起来。

　　让我们看看。同学们说。放在家里呢。小松一脸坏笑。

　　原来是骗人。同学们"咦"的一声纷纷散去。

　　哥们，你信不？小松突然间很失落，拉住我的手说。

　　我信，不过，最好让我看看。我说。

　　下周带过来。小松说。下周？今天就想看。我说。

　　放在家里呢，路好远。小松有点为难。

　　我去你家看，放学后就走。我坚定地说。

　　我之所以相信小松的话，是因为我和他是同桌，有一次，他偷偷带过来几本邮票，我还和他交换过几张。

　　当时，我们班里的同学几乎都是集邮迷。我也集邮，我集的邮票都是新版的，要搞到珍贵的邮票很难很难。像黑便士邮票、龙票啥的只能从书本画册上解馋。

　　我爸说他曾集过邮，可惜全丢了。我为此差点伤心死，他干吗要丢了呢？这些邮票要是还在，我肯定是班里的集邮大王。曾经，有个远房亲戚，想给我买纪念品。我奶奶说，你就送集邮册吧。亲戚很聪明，果真买了两大本空盒子给我，我像宝贝似的锁在抽屉里。

我们当时寄宿在学校，那天正好是周五，本来我回家去，却兴致勃勃地和小松一起走了。我后来一直后悔，没想到小松家离学校这么远，走的还是山路。一定要去见见那张"文革"邮票，可能的话，我会用许多邮票去兑换。

我们去的时候，天色还是明朗的。一路上，我们一直说着邮票，小松不停地泄露着他的邮票秘密。小松说，他不光有这张"文革"邮票，他还拥有很多外国邮票，这让我很惊奇。在一个偏僻的海岛，外国邮票是个神奇的东西。我都怀疑自己的耳朵，可我不得不信，这小子，是有这个可能的，我在他的书包里见过很多稀奇古怪的邮票。

我不太习惯走山路，途中，不小心摔了一跤。我的腿出了血，痛得嗷嗷大叫。我突然想回家，可小松说，他准备把那张珍贵的邮票送给我。我说：真的？他说：真的。我说：不骗我？他说：我们是同桌呢。我有点感动，当时就感觉腿不痛了，浑身充满力量。

小松没食言，他把那张珍贵的"文革"邮票最终送给了我。

我回到家的时候，已是星光闪烁。我在小镇的车站口遇上了奶奶，奶奶已是第三遍在那儿等我了。我妈妈在四合院的门口守候，奶奶说我爸还没回来，不知去哪儿找我了。我有点不好意思，准备着晚上一顿臭骂，搞不好还要受皮肉之苦。不过，值！我当时就这样想的。

那天，女儿突然说她在集邮，我来了兴致，说：爸当年就是学校里的集邮大王，集了很多邮票。女儿拍着手很开心，叫我把邮票拿来，她要一张张仔细地插到邮册里去。

我上楼去找，可找了半天，只找出散在抽屉里的几张不成系列的邮票。我的邮票去哪儿了？我问自己。

爸爸找不到过去的邮票了。我对伤心不已的女儿说。

# 鱼与佛

○黄克庭

士俗先生到弘尘潭钓鱼。不到 5 分钟便钓上来一尾大鲤鱼。

水下的鱼群忽地发现少了一尾鲤鱼，便不安起来。许多鱼儿都清楚地记得，鲤鱼失踪前是往水上面去的。鲤鱼会去哪儿呢？鱼儿们议论纷纷。

忽有一曾跃出水面见多识广的青鱼说，鲤鱼说不定是成仙了，它可能早已升到天堂里去了！

经它这么一说，许多鱼儿便想起鲤鱼的许多奇特的东西来。有的说，鲤鱼的二十七代祖宗曾跳过龙门，所以其祖上根基很深，成仙是必然的事；有的说，鲤鱼的名字取得好，"里"字里面不是藏着一个"王"字吗？它不升天，也必定要称王的；有的说，鲤鱼的相貌也与众不同，不但嘴上有两根胡须，而且连尾巴都是彩色的！

鲫鱼不声不响地认真回忆鲤鱼失踪前的每一个细节，它终于发现，鲤鱼是吃下一个"钩形"的"仙丹"后立地成佛升天的。当它发现士俗又将诱饵放下水时，它就不声不响地悄悄游过去，一口将"仙丹"咬住。

士俗发现鱼儿又咬钩了，连忙将鱼线提起。由于士俗用力太过，鲫鱼被拉出水面后，嘴唇被扯破而逃生了。鲫鱼跑回水里后，惊恐地警告同类：以后见到"钩形"的东西千万别贪嘴。

谁知，鲢鱼说："像你这样尖嘴猴腮的，尾巴上也没一点儿血色，也想成仙成佛？"

鳗鱼说:"生就一副贱骨,即使吃上再多的仙丹也是没用的!"

鲢鱼扯了扯鲫鱼的破嘴唇后说:"有运气还不够,狗头不载肉,有缘无福,只能怪你自己命薄了!"

鲫鱼回到家,对子女说:"以后见到'钩形'的东西千万别贪嘴——那东西进口后就会钻心地疼痛!"

鲫鱼的儿子说:"不吃苦中苦,怎成人上人?基督耶稣不是被钉在十字架上的吗?你呀,有机遇抓不住,原因就是怕痛、怕苦、怕付出!古人不是说,天将降大任于斯人也,必先苦其心志,劳其筋骨,饿其体肤么?"

士俗又一次将诱饵放入水中时,鲢鱼、鳗鱼都不敢轻易去吃,因为它俩取笑过鲫鱼是"贱骨头",是"有缘无福"的"小人",它俩生怕自己平时积德不够难以成佛成仙而遭人耻笑。这时,鲈鱼看到"仙丹"降临,便不顾一切地冲上去抢食,但结果它还是迟了一步——原来,上次脱钩的鲫鱼抢先吞下"仙丹"而升天了。

对于鲫鱼的"非常举动",鱼儿们当然又有很多话题了。此时鲢鱼、鳗鱼又有些后悔起来,一是怕成佛成仙的鲫鱼报复;二是怨恨自己患得患失,以至坐失良机,发誓以后再见到"仙丹"就要像孙悟空那样,决不口下留情了!

士俗见钓上来一尾破嘴的鲫鱼,便禁不住嘲讽鱼儿笨蛋!

会意老人说,世上只要有天堂存在,就会有钓不完的鱼儿。信乎?

# 河 边

〇金 光

　　我不是个浪漫的人，可不知怎么回事，那天上午突然冒出了去看黄河的念头。其实，这时候看黄河也没有什么景色，库区里往日的清水因汛期被三门峡大坝开闸放走了，只剩下主河道上一条深深的河槽，河槽里黄汤一样的河水打着旋儿往下流。河边被水冲刷的槽壁不时塌陷而落入水中。我独步顺着苍龙涧下方的一条小路到河槽边，看到凶猛的河水犹如张开了的老虎口，时刻会把世界上的一切都吞进去。

　　我伫立在那儿，似乎联想些什么，可这时候的思路偏偏断了线，脑子一片空白。忽然想起有人说，这儿常常是自杀者最理想的地方，纵身一跳五秒钟不到便走进另一个世界，所以一些寻短见的人总选择在这儿结束自己的生命。我有些后怕，退了几步，从包里掏出一张报纸垫在一个土坎上坐了下来。

　　有脚步声传来时我才抬起头，是一个苗条的女人匆匆走来。女人面色忧郁，似乎有心事，因为看见了我才强力抑制住自己的表情。她也像我一样，站在河槽边愣愣地看了一会儿河水，退回两步低下头做沉思状。

　　空旷的湿地里只有我们一坐一站两个人，虽然陌生但还是要打个招呼的。于是我说："你也来看黄河呀，其实现在看黄河不是好时候，只能看到它暴戾的一面。"

　　女人稍一愣，点了点头，走了过来。我大方地把报低撕了一半儿给她。她说了声"谢谢",随手一铺,坐在上面:"有时候人比这河水更暴戾,你不觉得吗?"

她这话让我吃了一惊,揣摩这话,女人肯定遇到了不快的事儿,但无须去问原因,也无须得到答案。我正要起身离开,她又开口了:"你说,这河道这河水为什么会变得如此凶恶呢?"

我看着河水说:"任何事情都是两方面的。水之无形,受环境挤压,比如落差高了,比如河道窄了,水流的力量就会增大,变得凶恶无比;如果生存环境舒畅,河道宽广而平坦,河水就会非常温柔,能容整个世界。"

"看不出来,你说话挺有哲理的。那你说,人是不是也是这样?"

把人与河水相比,多少有些不可思议。当我不知道如何回答时,就看了她一眼,发现她等我回答的时候,有一串泪珠挂在脸上,我心里突然意识到了什么:这女人会不会内心有什么痛苦?于是赶紧回答道:"是这样的,但人是有思想的,可以自我调节。如果此路不通,就走彼路,没有人真的会撞南墙,除非是傻子。"

"同样的黄河,你看到了什么?"她继续发问。

"我看到了力量,就是生存的力量。它们为了奔向大海,在每步都有险阻的情况下,用自己的力量一路高歌,最终使生命得到无限的延续。"

"真是这样的吗?"

"是的,你没听说吗?人往高处走,水往低处流,无论往高处走还是往低处流,都会有一种动力,那就是生命的动力。生命是一切,没有生命就没有世界。"

这是我故意说给她听的,我知道她今天来黄河边绝不是像我一样无聊或寻找浪漫,而是有一种可怕的念头。

她不再问什么了,老半天才从嘴里迸出两个字:"谢谢!"

我们一同离开黄河边的。她到风景区停车场钻进出租车的瞬间,面带微笑地给我打了个招呼:"希望下次还能遇到你!"

看见她坐着的出租车远离了，我有点如释重负的感觉。

几天之后，想写一篇关于黄河的博文，就在博客上搜索"黄河"一词，猛然搜索到一位叫"小小我"博主的博文，她写道：当我因为生命的灰暗而寻梦黄河的时候，是一位陌生的哲人把我从死神手中拉回来。我终于懂得了什么叫活着，懂得了什么叫生命的力量……

我打开她的相册，一眼就认出她便是那天在黄河边徘徊的女人。

# 潇洒走一回

○罗伟章

兄弟俩坐车去火葬场，要见父亲最后一面。开车的是位老人，是父亲江洪生前的朋友。

老人名叫张武。他本想对兄弟俩说些什么，但悲伤哽住了他的喉咙。40年前，他和江洪去西藏当运输兵，被分在同一个班，在险峻崎岖的川藏线上，一跑就是20年。辽阔的高原、遥远的兵站、漫天的雪尘和寒鸦的惊叫，构成了他们20年孤独的生命。这生命里最辉煌的一点，就是战友间那种筋骨相连的情谊。张武和江洪总是同时出车，骨子里早就有了默契，在最难熬和最危险的时候，他们倾听对方摁响的喇叭声，并在其中啜饮力量。后来，他们又同时转业，到了成都，两家相隔也不远。清早，两人相约去锦江边锻炼身体，周末就去露天茶园喝茶。他们说，等两人都真正清闲下来后，再去川藏路走走。

可是江洪却先一步走了，永远离开了这个纷扰的世界……

火葬场里，江洪被排在了18号，三人去休息厅等候。坐在宽大的皮革沙发里，张武点上烟，深深地吸了一口，轻轻地吐出一串烟雾。跟烟雾一起出来的，是张武鼻音很重的话：5年前，你们妈死了，现在，你们爸又死了，该轮到你们享清福了。弟带着羞惭的神色看了老人一眼。哥也在看他。哥的目光却很凶暴，他说，张叔叔，你不要说风凉话，我爸死了，我们也很悲痛……听你的口气，好像是我们把他逼死的一样。

我没这么讲，我只是记得，你们爸今年才刚 60 岁，他的身体本来比我还硬朗。说到这里，张武又狠狠地吸了一口烟，双唇颤抖地补充说，他今天就火化了，你们老婆也不来送一送！

弟垂下头，哥把脸别向一边。哥的老婆没来，是她不想来；弟的老婆没来，是弟不让她来，他怕老婆来又会跟哥嫂吵架。在火葬场吵架，太丢脸了。

因为两套房子的事，弟兄俩都吵了好几年了。爱人去世后，江洪先给大儿子买了套两室一厅的房子，本意是在大儿家养老，因为大儿子比小儿子家条件好。开始一段时间，大儿两口子对他很不错，半年过去，就嫌他碍手碍脚了，常常对他指桑骂槐。又过一阵，两口子下了班，就故意不回家做饭，而是去馆子里吃。再过一阵，他们没收了老头儿的钥匙，这样一来，他既不敢外出锻炼身体，也不敢出去喝茶。江洪只好跟小儿子商量，说幸好我还留了些积蓄，我再买套房子，跟你们住行不行？小儿子说行啊。于是江洪就买了。鉴于小儿媳妇儿父母早亡，她年过八旬的外婆由他们供养，江洪就倾其所有，买了套三室一厅的房子，并搬过来跟小儿子住了。

从此，他就没过一天清静日子。大儿夫妇几乎天天找上门，逼父亲给个说法：为啥给我们买两室一厅，却给他们买三室一厅？江洪说，你们弟弟负担重，收入也比你们低得多。大儿夫妇根本不听，非要他补 10 万块差价，但他已经没有钱了。大儿子就来弟弟家抢东西，弟弟不依，于是两家大吵大闹。到后来，小儿子干脆也不再管父亲了。

江洪气病了，住进了医院。在他弥留之际，身边只有张武，没有一个亲人……

火葬场的工作人员在外面大声喊：18 号！18 号！

张武带头起身，三人一同朝"告别室"走去。透过安着铁条的窗子，看到一个死人装在车箱里，被缓慢地移到了近处。到窗台下时，火化员叫死者亲人仔细辨认，看有没有弄错，并递出一张纸，让亲人签字。兄弟俩磨蹭着，最后还是小儿子去签了名。张武注视着他的老伙计。老伙计近一年来瘦得太可怕了，颧骨刀片似的凸起，但经过整容，他看上去很安详，稀疏的头发往后梳着，脸上涂了胭脂，还抹了口红，给人的印象，他好像死得很幸福一样。这反而让张武更加难受。

小儿子签字的时候，站在他们身后的萨克斯乐队开始奏响。他们奏的是《潇洒走一回》。空间很小，乐声很大。活人听到了，死人也听到了。生死两界，在乐声里奇妙地沟通。

火化员收了签字单，就放下淡绿色的窗帘。里面灯火通明，火化员的一举一动，窗外的人都看得清清楚楚。只见他利索地将车箱上的按钮一摁，死者嗖的一声就被弹进了打开的炉膛。

一个曾经生活着的人，很快就会变成烟雾，化成灰。乐曲声震天动地，一直没停。大儿子突然双腿一软，跪了下去。小儿子抓住铁窗条，使劲地摇晃。兄弟俩悲痛地呼喊着：爸爸——爸爸——

他们的爸爸正在被焚烧，已经不会答应他们了。张武把大儿子扶起来，又去拉小儿子。兄弟俩一人靠住他一只肩膀，显得那么软弱无助。张武吃力地把他们架出去。外面的空地上，风打着旋儿，把破碎的黄表纸吹得四处乱飞。

大儿子哭得很厉害，气也回不过来，他泣不成声地对张武说，张叔叔，我再也不为钱的事跟弟弟闹了……弟弟闻言，一把搂住哥哥。兄弟俩抱头痛哭。

张武眯着眼睛，望着天上。巨大的烟囱里，有一种淡黑的物质在半空缭绕。张武流着老泪，对那股黑烟说，老伙计，你看看你的两个儿子吧，他们和解了，你安息吧……

两个月之后，张武才知道，兄弟俩不仅还在为10万块差价争吵，而且还打起来了，打得头破血流。他们在火葬场所受到的震动，早就被生活的洪流冲走了。作为死者，倒是可以"潇洒走一回"，而作为生者，怎么能潇洒得起来呢？生活毕竟是要继续的，而生活又怎么能离得开钱呢？

# 不买车票的小女孩

○阎耀明

汽车开到实验小学站点时，雨终于落了下来。放学的小学生们跑着叫着跳上车，带进来一股股湿漉漉的凉气。女人招呼学生们坐下，接着就开始卖票。

当她走到一个梳着两只羊角小辫的小女孩面前时，小女孩很难为情地对女人说："阿姨，我手里一分钱也没有了。"

小女孩的眼睛里正流露出可怜巴巴的内容，身子并没有坐实，好像随时准备下车。女人就笑了笑，说："没关系，你坐着吧。"她还摸了摸小女孩的头。

坐在前面开车的男人不高兴了，嘴里"哧"了一声。"现在的孩子，可真了不得。"男人闷闷地说。

汽车开过一个个站点，几乎没有上车的，小学生们也一个个下了车。

车上，只剩下那个小女孩了。

雨不大，下得平平静静、津津有味。但汽车却很冲动，嗡嗡的发动机声越来越急躁，把男人的不高兴描述得十分详细。

到终点站了。小女孩对女人说："谢谢阿姨。"她跳下车，顶着雨跑了。

女人开始打扫车里的卫生。男人似乎对女人的不满还没有过去，一边收拾车一边说："就你的心眼儿好，她说什么你就信什么。"

女人说:"一个孩子,可怜巴巴的,我咋能不让她坐?再说,不就是一块钱嘛。"

男人一副很有经验的样子,说:"你可不要小看了现在的孩子,能干出让你大吃一惊的事情来。上网,玩游戏,能着呢。家长给的零花钱,都用在玩上了。"

"我看这个小女孩不像那样的孩子,她的眼睛告诉我的。"女人说。

男人又"咻"了一声,不屑地撇撇嘴,说:"你总是那么自信。我倒觉得她很有可能也是个混票的,省下钱好去玩游戏、上网。"

女人终于对男人的态度无法忍受了,大声说:"就算是那样,又能怎么样?不就是一块钱吗?一个大男人一点儿不像个男人的样子!"

男人一愣,说:"我怎么不像个男人了?咱这是做生意,这车哪一样不得花钱?咱的钱不都是一块钱一块钱积攒出来的吗?你倒是大方,像个男人,像个男人又怎么样?没有钱不是照样团团转?"

女人真的生气了,胸一起一伏的,抿着嘴,瞪着男人。

"我就是看着那个小女孩好,下次她坐车,我还不收她的钱。"女人大声说。

男人丢下手里的工具,气愤地看着女人:"你这不是成心气我吗?我这样较真儿又图个啥?咱们还没有孩子呢。咱们不是想生个孩子吗?没有钱怎么要孩子?"

女人把扫出来的垃圾收进塑料袋里,愤愤地说:"我才不给你生孩子呢,你爱找谁生就找谁生去。"

"有外心了咋的?谁离了谁都一样活着,不想过就离婚!"男人气坏了,说。

"离就离!"女人毫不示弱。

这时一个小女孩跳上了车,说:"阿姨!"正是那个没买车票的小女孩。

小女孩说："阿姨，我一下车就遇到我妈妈了，她给你送车票钱来了。"

女人愣了一下，忙走下车。

小女孩的妈妈把一块钱递给女人，说："我早晨忘记给孩子带车钱了。谢谢你。"

女人连连摆手："不用不用，孩子坐一次车，无所谓的。"

男人锁好汽车，也走过来说："一块钱的事，你还特意送来干啥，不要了。"

女孩妈妈说："坐车买票，天经地义。车票钱一定要收下。"

小女孩在一边说："阿姨，你就拿着吧。"

小女孩和妈妈冲男人和女人摆摆手，走了。

女人手里拿着钱，目送她们母女俩在小雨中走远。

他们站着，好久没有动，也没有说话。雨丝落在脸上，痒痒的。

后来女人在男人的胳膊上捅了一下，男人就把身子靠过来。

女人挽起男人的胳膊，轻声说："我们回家吧。"

# 关于一次出行计划的研讨

○朱　宏

老毕从企业领导岗位上退下来后，精神一天不如一天了。老伴儿看着心疼，就说，咱们也出去旅游旅游吧。老毕略一思考说，不错的建议，但是关于具体方案还是需要大家讨论讨论，通知分公司来总部开会吧。老伴说，是，立即办理。老毕有两个儿子一个闺女，各自成家了，老毕一律以"分公司"称呼。

儿女们听说总公司领导召见，以为出了什么事情，当天晚上全部到达了会场——父母家的客厅。

老毕说，孙淑兰同志——也就是你妈，提出了一项很好的建议，为了使总部领导，也就是我们老俩口的生活更健康、更丰富多彩、离大自然更亲近一些，我们将要实施一项计划。老毕说着扫了大家一眼。女儿偷偷掐了女婿一把，警告他不许发笑。

老毕接着说，希望这个计划得到大家的支持，今天晚上召集大家来就是为了听听大家的意见，好吧，你们看看谁先发言。

最早成立分公司的大儿子说，爸，您还没说啥计划呢。

老毕自嘲地笑笑，嗨，再这么下去脑子就生锈了，是这样，我和你妈想出去旅游。

听老毕这么一说，大家明白了，于是你一言我一语地展开了讨论。

——关于旅游我原则上同意，但是要确保安全。

——交通工具的选择也是很重要的，火车太累，飞机太贵，汽车害怕司机打瞌睡。

——少贫嘴，最好能加入一个旅游团，不是有一个夕阳红专列吗？讨论进行了近两个小时，收集的意见大约有一百条，但是仍然没有一个确定的方案。

老毕一挥手说，好了，今天的讨论到此结束，我将尽快和你妈商量，综合大家的意见，力争拿出一个各方面都满意的方案。现在，请大家就餐。开饭喽，孙子辈儿的立即欢呼起来。

第一次会议开过以后，老毕的精神状态好了起来。老伴儿说，这还没出去，你的脸色就好看多了。老毕也觉得奇怪，大概是旅游的计划鼓舞人心所致吧。

老毕说，通知分公司再来开一次会。

通知下达后，儿女们又很快聚齐了。

仍然是老毕主持。老毕说，连日来，经与你妈紧急磋商，我们基本达成了一致意见，参加旅游团，我们不买东西就是了。去哪个方向，还请大家讨论讨论。

——我认为应该去海南，海南风光秀美，空气新鲜，那里美丽的自然风光每年都吸引着数以万计的游客。

——得了得了，请勿抒情，也不看看现在是几月。夏天应该往北飞，哈尔滨素有"东方莫斯科"之称，夏天气候凉爽，是避暑的好地方。

——还不如去云南。

关于旅游的目的地，子女们提出了包括南非开普敦英国伦敦法国巴黎在内的一百多个方案，仍然没有一个明确的结果。

老毕说，大家的意见都很好，去哪里，我再和你妈定夺。今天我们在饭店订了桌，大家一起到饭店用餐。并且，我还给三个小鬼一人准备了一袋好吃的。

孙子辈儿的再次欢呼。大孙子说来爷爷家开会真好，还发纪念品。老毕笑着朝大孙子屁股上拍了一巴掌。

第二次会议后，老毕变得红光满面。老毕自己都对自己的变化感到奇怪。

老毕家关于旅游的会议开了很多次，计划总在变化之中。尤其是目的地的问题，每次都是即将达成共识的时候季节不对了。

日月如梭，春去春来。老两口始终没能成行。

后来老毕发现了不能去旅游的理由。儿女们工作都很忙，三个孙子辈儿的每天中午下午都要在他们家吃饭、学习，等着爸爸妈妈来接。

老毕一拍大腿说，对呀，我们总不能放着分公司的"三产"不管哪。

于是老毕又叫老伴儿通知分公司来开会。

老毕在会上严肃地提出了要对"三产"进行严格管理的问题，老毕说决不能对"三产"放松管理，因为这帮崽子是我们公司继续经营下去的希望。

# 清　白

○魏永贵

老高回到办公桌前嗷地叫了一声。

老高搁在桌上的几张设计图被风吹到了地上，而且地上恰好有一盆老高用来涮笔墨的水，那图纸正好落到了水里。昨天傍晚走的时候老高记得是用茶水杯子压在这几张设计图上的。而眼下那只茶杯放在了一边。也就是说有人移动了茶杯，半夜起风就把桌上的图纸吹到地上水盆里了。办公室里只有两个人，除了老高，就是老安。老高和老安在一家公司工作，是业务上的对手，暗地里悄悄较着劲儿。

老高清楚地记得昨天傍晚走的时候老安还在屋子里。

经过两天精心设计的图纸本来是今天要交到客户手里的，转眼就前功尽弃。老高憋了一肚子火。

老高就坐在办公椅上等待着老安的到来。老安准时进了办公室。一见盆里的图纸就笑了：呦，给图纸洗澡呢。

挺开心的不是？老高冷冷地说。

怎么，你的图纸不幸落水了，意味着要由我来开一场隆重的追悼会吗？老安一边说一边打开自己的电脑。

老高说昨天下午我走的时候你还在办公室对不对？

对呀，记得你还给我打过招呼的。老安随口回答。

老高说你记得我走的时候这些图纸就在水盆里吗？

老安一边敲电脑一边说没有，地上就有一盆水。

老高说难道是老鼠把这些图纸运到水盆里去了？

老安听出了老高的弦外之音。老安突然站了起来：原来你是在怀疑我做了手脚把你的图纸扔到了水里？岂有此理！

我没有说你故意把它们毁坏了，但是有可能是你移动了我桌上压图纸的茶杯，后来风就把图纸吹了下去。老高似乎不想激怒老安，把语气说得很缓。

老安说我凭什么移动你的茶杯我是要偷看你的设计剽窃你的构思创意吗我怎么是你想的这种人你有什么证据！

老高看见老安暴跳如雷就摇了摇头：好了不是你我不说是你可以了吧。

不行！不能这样不明不白而且你心里依然怀疑是我干的。老安一副不查个水落石出就不罢休的神情。

老高说我自认倒霉还不行吗我没有时间跟你斗嘴了我再加几个班得了。

老安说这事得有一个了断得还我一个清白。老安琢磨了一会儿突然拿出一个塑料袋把老高的茶杯套了进去。随后拉着老高就要出门。

老高说你要干什么？

老安态度坚决：走，你必须跟我走！

莫名其妙的老高就被老安拉下了楼。就被老安拉上了出租车。又一直拉到了公安刑侦鉴别中心。

老安说你都看见了这里是本市权威的痕迹鉴别中心，他们有付费服务的电脑识别指纹这个项目。你不是怀疑我昨天晚上移动过你的茶杯吗，如果真是那样就会在茶杯上留下我的指纹。现在我要通过科学还我一个清白！

老高苦笑。老高说你是不是神经出了问题为了几张图纸兴师动众。再说我已经说过不是你。再说我还等着重新画图客户急着要货呢！

我不管没有什么比我的清白重要！老安拽着老高就往楼上走。

老高后来就无可奈何陪着老安交涉指纹取样然后坐在楼道里等候。鉴别指纹的民警说我算是开了眼界竟然有两个同事为了一个移动的茶杯而求助科技。

漫长的 3 个小时终于熬过去了。指纹鉴别室的门打开的时候老高似乎觉得经过了一个世纪。老安兴奋不已蹦向了穿白大褂的民警。

老安说结果怎么样怎么样？

民警抖着手里的一张纸，说：经过指纹剥离发现，残存在茶杯上的指纹全系高晓明所留。

老安咧开嘴笑了。老安说高晓明同志你听清了，经过科学鉴别，茶杯上没有我的指纹，也就是说昨天这个该死的茶杯不是我移动的，你怀疑我毫无根据，铁的事实有力地回击了你对我的污蔑，现代科学证明了我的清白。

老安说 200 元钱的鉴别费就不好意思请你掏了。谢谢你花钱还了我一个清白！

老高笑了笑。老高说，老安，你真以为你清白吗？

老安舞着手中的那张鉴别书开心地说：这就是铁的证据！

老高说，不错，指纹鉴别仪证明这只茶杯上没有你的指纹，但是，谁能证明你昨天不是用手拿开的茶杯而是用什么东西譬如用一张白纸包着茶杯拿走的呢？

# 抓 阄

○乔 迁

儿子越来越淘气，淘气得让他们夫妻俩越来越害怕。儿子总是给他们惹出应接不暇的祸事来。儿子还是个孩子，他们是父母，是儿子的监护人，儿子惹下的祸事自然要由他们来承担和平息，低三下四地说好话，赔不是，甚至掏出钱来赔偿儿子弄出的损失。

儿子让他们每天都提心吊胆，每天儿子回来他们都检验员一样地在儿子的脸上一遍又一遍地检查，找寻着儿子惹了祸事后隐隐的不安或暗藏的胆怯。如果儿子的脸上没有丝毫的胆怯、慌乱、不安，那他们的心立刻就感觉轻松了。反之他们的心就会悬起来，忐忑不安地等待着儿子惹出祸事的相关电话，或是带着怒气的敲门声响起。等电话打来或是人家找上门来，他或她就要立刻好话说尽地赔不是给人家。给人家赔不是的时候心里恨儿子恨得不得了，想等赔完不是后一定把儿子打得屁股开花。可等撂下电话或是送走找上门来的人，把儿子扯过来，打了两下后就住了手，儿子的眼泪让他和她都不忍心再打下去。

总低三下四地给人家赔不是让他和她很苦恼，更是心悸得厉害。儿子惹祸事了，他和她都不想接电话或接待找上门来的人，都想躲开。可他们不能都躲开，他们是儿子的父母，职责所在，躲不开的，必须得有一个来承受儿子的祸事。他和她都尽力地把这个不光彩的职责推给对方，而他和她也自然是极不情愿地往回推。推来推去的，自然就有了矛盾，便开始争吵，渐渐地便争吵得厉害，就差没大打出手了。

有一天他们又为谁来平息儿子惹下的祸事吵了起来，他的嘴没有她的厉害，他吵不过她，他又不想也不甘心自己低三下四地去赔不是，他就对她说："别吵了，咱们抓阄吧！如果我抓到了就我来，我心里也感觉公平和好受些。"

她愣了一下，随即笑着说："这倒是一个好办法，谁抓着谁就赔不是。以后儿子再惹了祸，咱们就这么办，抓阄决定谁赔不是。"

自此，儿子再惹了祸事，他们便以抓阄的方式来决定谁平息儿子惹下的祸。儿子打了同学，在儿子同学的父母还没有找上门来前，他和她便已抓阄来决定谁接待和赔不是，抓住的便留在家里等着给人家说好话，没抓到的便可以出去了，免得留在家里不说点过意不去的好话不表露一下歉意的笑脸让人家讲究。儿子考试没考好，被通知去开家长会，他和她谁也不愿意去接受儿子老师的批评教育，更何况面对那么多考得好的学生家长更是脸面无光，谁都不愿意去，自然要抓阄来决定。

他们似乎对于儿子的一切都乐于采取抓阄的方式来解决，包括儿子有时被别的孩子打了，需要他们去别人家讨个说法的时候。当然这种情况很少，但这种情况的抓阄与儿子惹下祸事后抓阄的感觉和心情截然不同，这种情况下他们都是极度兴奋地去抓阄，不像去平息儿子惹下祸事那种抓阄时的心怯、心惊。抓着了，也不会是去平息祸事的沮丧和不情愿，而是有一些欣喜和兴冲冲的。

抓阄几乎成了他们日常生活中对儿子的一种选择形式，让他们有些乐此不彼。而儿子呢，对他们抓阄来决定去平息自己惹下的祸事开始感觉很新奇，但渐渐地儿子的目光里就没有了新奇，而是笼罩上了一层厚厚的忧郁。儿子在他们抓阄的时候，就在不远处站着，冷冷地看着他们抓阄。他或她抓到了，重重地叹一口气，儿子便在他或她的叹息声中低着头钻进了自己的卧室。

　　他和她的婚姻出现了裂痕，已经无法弥补的裂痕，他和她已经不可选择地要离婚了。

　　儿子跟谁成了他和她最大的难题。即使儿子惹了那么多的祸事，让他们那么的没有面子，可在儿子的选择上，他们都不可能用抓阄的方式来决定，而他和她都极力地出自真心地想拥有儿子。他们才意识到，儿子毕竟是与自己有着最亲近的血肉相连的人啊！有谁会舍得把自己的血肉丢掉呢？

　　在儿子跟谁的问题上他们僵持着，他们的婚姻已无可挽救，但儿子必须跟随他们其中一人。他们僵持不下，互不相让，但这不是办法，他们最后决定，那就让儿子决定吧！儿子想跟谁就跟谁。他们把儿子叫到跟前，有些凄苦地对儿子说，你自己选择吧，是跟爸爸还是跟妈妈？

　　儿子不说话，眼里含着泪看着他们。儿子慢慢地伸出双手，他们看见儿子的两只小手里各放了一个小纸团。儿子说："你们抓阄吧！"

# 红薯泥

## ○张晓林

围镇那地方，到了秋天，坡坡望去，都是红薯。红薯成了冬天里人们的主食。吃得多，吃得长了，人们便生出种种的巧吃来。

红薯泥是其中一种。

红薯泥的做法很讲究。红薯是挑出来的，煮熟，作料是上等的红砂糖和陈州的小磨香油。三者放锅里去搅，搅成泥状。搅轻搅重都不行。还得看火候。是极有学问的事。红薯泥做得好，看上去金黄透明，吃一口，异香醉人，沾舌即化。这还不是妙处，最妙处是三天之后嘴里还是香喷喷儿、甜丝丝儿的。

会做红薯泥的，全围镇没有几个人。做得好的，只有一个，就是老胡。老胡做红薯泥有绝招。

夏天，人们在饭场上闲聊，有人就会说："能吃上一口老胡做的红薯泥，这辈子不睡老婆也值了！"

这话有两层意思，一是说老胡红薯泥做得好，再一层意思是说老胡不常做红薯泥，一年之中，做不上几回。

老胡这人，怪！

高兴了，人合厚了，闲吃也做。不高兴，人不合厚，八抬大轿来抬，他也不做。

老胡做红薯泥，还有一个毛病，主事家得找一个十来岁的小孩子立在旁边，做他的下手。有人说，老胡这是在找徒弟。老胡听了，只是一笑。

其实，人们也明白，红薯泥，为小镇特有，起于何时，创于何人，都已无可查考，只是到了老胡的手上，这一绝技才臻于完美，若老胡不把这一绝技传人，那实称得上千古罪人了。

老胡底下也说，他是在找徒弟，但得看缘分。

有几家亲戚也曾带孩子来拜师，老胡见了，都是淡然一笑，说："红薯本是大众食物，最易大众吃法，煮、烧最好。红薯泥，是夺大众之精华，供少数人享受，实是一种罪过，不可不慎!"

不肯收。

亲戚中有人便对老胡不满起来，咒老胡，说老胡的手应该烂掉才好，看他还不收徒弟!

这个咒果然验了。

那一年，围镇出了一队造反派，进县城打死了老县委书记，成绩很大，上面派了一位不小的人物来慰问他们。造反派们了为讨得那个"人物"的欢心，便"请"去了老胡。

老胡正赶上心绪不好。

老胡不愿做红薯泥。

隔一天，老胡回来，10 个指头就少了 5 双。

老胡脾气怪，平时很少交朋友，也没娶老婆，回到家，生活就成了困难。

那些来拜过师的亲戚们，见老胡的手废了，不能做红薯泥了，就不再和他来往。

老胡能够活下来，多亏了新根。

新根是个孤儿，十六七岁，身子单薄，平时老胡常接济接济他。老胡手废了，新根就一天三顿饭地侍候老胡，就像孝顺的儿子侍候亲爹一样。

老胡做了几十年的红薯泥，颇有一笔积蓄，便都拿了出来，交给了新根，新根得了钱，并不狂花，每天买了什么，用项多少，都给老胡说得清清楚楚。

老胡见新根人老实，又勤快，就想把红薯泥的绝活传给他。

老胡不想让他一生的心血白流！

拜师那天，老胡刮了胡子，脸色很严肃。他让新根跪下，教诲说："做红薯泥要先看人，一个人劳累了一生，吃了一辈子的煮红薯，临死了想吃口红薯泥，做！"

新根听了，凝重地点点头。

"至于结婚啦，给老娘做 80 大寿啦，一生就一次，是大事，也做！而那些瞎胡球闹的吊货想吃，不管怎么都不做！做人要有骨气……"

新根有些激动，眼里已含了泪，他磕了三个头，哽咽着说："您老放心吧！我都记下了！"

后来，老胡死了，新根把他厚葬在围镇小西门外。

新根学会了老胡的绝活，人又聪明，很快就娶上了老婆，并有了孩子，一个男孩子，一个女孩子。

近几年，围镇对外开放，做生意的多起来，大街两旁，饭店、小吃铺到处都是。新根老婆也要新根做生意，用红薯泥绝活赚钱。

新根起初是无论如何都不肯干，把老婆骂了一顿，还差点打她两嘴巴。可后来新根就干起来了，还贴出了广告，说谁让做都做，只要给钱。

很快，新根就发了财，盖了一栋小洋楼，金碧辉煌，很气派。小洋楼盖在围镇小西门外，就在老胡的坟头旁边，这几年，新根因为忙于生意，就一直没顾上给老胡添坟，坟头很旧了，看上去就像是一个红薯干子面的黑窝窝。

围镇人很容易就吃上红薯泥了，开始还可以，觉着那真是人间仙品。慢慢地也就觉得那味道也不过尔尔了。有老年人，便想起了老胡，慨叹说："老胡为此断送了两手的指头，实在是有点不值得！"

# 将军泪

○中　学

将军已年逾古稀。

金沟镇是将军的老家。将军那条左腿就是当年攻打金沟时被日本鬼子的炮弹炸飞的。

将军虽离休多年，但他对书画艺术的酷爱并未因此而有半点儿减弱。一日不书、不画，就像缺少了什么似的。

将军自幼便习书作画。后来，日本鬼子侵占了金沟，尚未成年的将军被逼下井采矿，眼看着黄灿灿的金子白白被日本人掠走，将军死活不肯再为日本人卖命。

一天深夜，将军逃出了金沟。找到了"队伍"的将军脱下了日本人的矿工服，换上了八路军的"军服"。成了军人的将军对书画更加痴迷。

将军的字，锋芒藏露得体，气势雄浑苍劲；将军的画，形神兼备，惟妙惟肖，令人拍案。当年，将军还不是将军时就曾为许多阵亡的弟兄画过肖像写过挽联。作战间歇，望着满眼的硝烟，将军也会情不自禁地抓起被炮火烧焦的炭条儿画上几笔。或许正是经过了炮火和硝烟考验的缘故，将军的艺术功底十分了得！

离休后，将军多次向省城书画院的教授求教，其书画技艺有了长足的进步。在县工会举办的老同志书画大赛中，将军连年独占鳌头，一人独得书法、绘画两项桂冠。

忽一日，一台小汽车在将军宅前的土路上戛然而停，车上下来两位干部模样的年轻人，说是县文化局的，要请将军为即将落成的烈士纪念碑题写碑文。将军听后异常激动，满口应下。当他接过碑文，看到下面一串熟悉的和陌生的人名时，他呆住了，好半天一动不动。

"将军？"有人催他。

将军回过神儿来，铺开宣纸。

提起笔，将军的思绪又回到了当年。

阵地上，将军伟岸的身躯迎着呼啸的子弹，他果断地下达命令："二营长！你营火速包抄金沟东路，切断敌人退路……三营，跟我上！"金沟终于拿了下来——将军是在苏醒后得知这一消息的。那次战斗非常激烈，弟兄们伤亡惨重，二营的弟兄全部阵亡……

饱蘸浓墨，气沉丹田。将军抖着腕，挥起笔。将军呼吸急促，手抖得厉害，换了几张宣纸都没能成功。无奈，将军与来人约定，两天后再取碑文。

第三天，小车又一次停在将军宅前，车上下来四个人。

来人推门进屋，只见将军正在埋头作画。饭桌上凳子上角落里，到处都是人物的肖像画。

"碑文呢？"来人问。

将军不语，继续作画。

"将军，我们是来取碑文的。"来人又说。

将军抬起头，两眼噙满泪水。

"刘玉喜啊，我的好兄弟哎——"将军泪流满面，高声呼喊。

来人捧起碑文的原稿，"刘玉喜"三个字赫然在目。

后来听说，矗立在县城西郊的抗日英雄纪念碑的碑文并不是将军的手笔。县里举办的将军个人画展倒是历久不衰，人们经常看到有成队成队的学生到展览馆参观。

# 摄影家阿麻

○凌鼎年

在娄城，如果也像扬州排八怪九怪的话，虞达岭排不进十怪，但排十一怪是不会有什么问题的。不过你如果向人打听认不认识虞达岭，十有八九会说没听说过这个人。但如果你说就是那个搞摄影的阿麻，闻者一定会说：呃，阿麻，知道知道。说阿麻就是了，谁不认识他啊。说虞达岭谁知道？真是的。

阿麻因满脸麻子，绰号阿麻。他喜欢摄影，痴迷摄影，说起来还与他的麻子大有渊源呢。

阿麻因脸有麻子，从不敢去拍照。当时县城照相馆有位拍照的给他拍了一张高调照片，经过艺术处理，那些麻子竟一个也不见了。自此，虞达岭知道艺术摄影是怎么回事了。他决心学摄影，给不美或不太美的人，拍出美的或比较美的照片来。

这一钻，就钻了进去。后来，娄城人都知道：要想拍得俏，唯有找阿麻。

后来，阿麻已不再满足于给顾客拍人像照。他花掉原来准备结婚办酒席的钱，购置了尼康相机等全套设备，一有空就往外跑，四处去拍照，谓之曰采风。

东采风西采风的结果是家徒四壁，常常弄得口袋里布头贴布头，妻子也离他而去。他也不急，反觉得这样一人吃饱全家不饿没什么不好。这样就更自由了，拍照成了阿麻生活中的头等大事。

或许是应了有数量才有质量这话，阿麻的摄影作品竟入选好几次档次不低的展览，还获了奖。省摄影协会吸收了他，报社记者来采访他，称他为摄影家。受此鼓励，阿麻的胃口开始大了，已不满足于一般的采风拍摄。他决心深入到新疆、西藏这些与江南风情反差很大的边陲地区去拍照片。

阿麻做出一个让人吃惊的举动，停薪留职去边疆地区采风拍照。

阿麻在采风过程中碰到两位同行，一位叫黑皮，一位叫长头发。三人一拍即合，结伴而行。

在澜沧江边一个少数民族寨子里，阿麻听说寨背后那座神女峰山顶景色瑰丽无比，便决定上山。当地人警告他们说，没向导带领上山很危险的。但阿麻执意要上山，黑皮与长头发只好陪他。三人天没亮就开始爬山，爬得气喘吁吁上到山顶，才发现山顶竟大雾弥漫，什么都看不见。不要说拍照，一打开镜头盖，镜头就潮了。山上的雾气实在太大，看样子一时半刻这浓雾散不开。

黑皮与长头发劝阿麻下山，阿麻死活不肯。他说好不容易爬上来了，一个好镜头也没拍到，岂不太可惜了。等等吧，说不定过会儿雾就散了呢。

高处不胜寒，浓雾锁峰的山顶更是寒气袭人。长头发与黑皮实在挺不住了，对阿麻说："镜头可以放弃，但安全不能放弃，身体不能放弃。下山吧，来日方长嘛。"阿麻很不情愿，极为惋惜地下了山。下山时，阿麻哭了，他骂老天太不够意思，辛辛苦苦爬上来，也不给个好脸色看……

不知是阿麻的骂声惊动了老天，还是阿麻的眼泪感动了老天，下至半山腰时，雾竟散了，天也放晴了。阿麻的劲头顿时来了，坚持要再次上去拍。黑皮与长头发说："阿麻，铁打的身体也经不住这样折腾，我俩就是刀架在脖子上也爬不上去了……"

　　阿麻见动员不了他俩，就一个人再次爬上了神女峰。当他爬到山顶时，几乎累得快瘫倒了，但天空中突然出现了七彩霓虹！阿麻如打了强心针般跳起来，迅速一次又一次按下了快门……

　　后来，阿麻的《七彩神女峰》入选美国的一次国际风光摄影展，他的另一张《神女应无恙》也被日本一家旅游杂志用做封面。只有这个时候，"虞达岭"三个字才会署上去。

　　黑皮知道后，悔得要吐血。

　　长头发老老实实说："阿麻的这种痴迷劲，一般人学不来。我是甘拜下风，只能看他入选得奖，眼红不得。"

# 拜佛的女人

○石庆滨

这是一座很有名的寺庙，来观光旅游的不少。主殿门前三足鼎立的铜铸大香炉终日香火不断，顶礼膜拜的一个接着一个。

看看那些虔诚的信徒，烧"高香"的都是一些有钱的游客。他们背着最先进的现代文明——数码摄像机，行的是渊源古老的三叩九拜大礼。

当夕阳落在佛塔尖顶的时候，一辆油光锃亮的小车停在寺庙门前。从车上走下来一位年轻貌美而又气度非凡的女人，跟在她身后的是一个干练的男人。

女人面色忧郁，目光呆痴。她看看佛塔尖顶的夕阳，直奔主殿。这时不知何人得以超度，钟声响了三下，群僧念起经文。

男随从递过一个厚厚的红包，住持目光略显惊诧，然后就平静而又沉着地焚香唱经。女人扑通一声跪在香炉前面，甚为虔诚。

住持领女人围着佛塔顶礼膜拜一圈，又领着她进入主殿之内，男随从被隔在门外。

女人亲手奉上一尊金佛，住持接过，放于佛主脚上，双目闭合，问道："女施主为何而来？"

女人说："无缘无故，老是心烦，烦到厌恶自己，心里感到万分空虚！"

住持点点头，说："人海茫茫，没有自己。"

　　女人没听懂。住持睁了一下眼，说："看女施主是富贵之人，不会有一般百姓的烦恼和忧愁，为何啊？"

　　女人说："我就是因为不知为什么才来向佛主请教的。"

　　住持沉默了一会儿说："能说说这尊金佛用了你财富的几分吗？"

　　女人说："几分我不知道，反正还不够我一个月的生活开销。"

　　住持说："你知道得多少普通人的香火才能铸这么一尊佛像吗？"女人摇摇头。住持说："我也不知。这里香火旺盛，芸芸众生一年的香火也不过如此。"

　　女人不语。住持说："这一切都用来养活寺人和修补寺庙。"

　　女人发了一会儿呆，说："这和我的精神空虚有关系吗？"

　　住持未置可否，微笑着合上双眼，说："我佛慈悲，因即果，果即因，善积德，恶造孽，女施主自悟去吧。"女人苦苦哀求："请大师指点一二。"住持说："我佛心中有，心到自然成，还是顺应天意吧。"

　　3年后，女人再来，脸上已没有往日的忧郁。住持起身相迎，说："女施主的慈善事迹我从电视新闻里看到了，请受我一拜！"

　　女人躲闪不及，连忙跪谢，说："佛，救了我。"

　　住持说："不，是你自己救了自己！"

# 香 炉

○王明新

　　李瞎子孤身一人，走街串巷，出出地摊，算命的本事算不上高强，糊口而已。李瞎子年纪越来越大，村人都为他以后的生活担心。但这种担心很快就化解了，因为突然有一天，李瞎子收到一张汇款单，整整300块呢！汇款单上既无汇款人姓名也无地址。之后，这样的汇款单隔一段时间就会飘然而至，李瞎子再也不用出门了，过上了舒适安逸的生活。

　　李瞎子无儿无女，也没听说国内有什么亲戚、海外有什么关系。汇款单天上掉下来的？全村人都纳闷，问李瞎子，他说他也不知道。这事慢慢传到县里，县领导指示宣传部：一个人做件好事并不难，难的是长期做下去，而且不留姓名。这种精神正是我们这个社会所需要的。一定要找到这个好心人，好好宣传宣传，让这种精神在社会上发扬光大。

　　调查任务落到了新闻干事小魏身上。

　　根据邮局提供的线索，小魏一步一步追踪到一座大城市，并在这座城市的一所大学里找到了汇款人。汇款人三十出头，是位副教授。让小魏想不到的是，副教授也姓李，与李瞎子一个村。在李教授宽敞的客厅里，小魏采访了他。

　　李教授说，十几年前我刚刚参加完高考，既担心高考落榜，更担心被大学录取后缴不上学费。我听说李瞎子家有个香炉，是祖上留下来的，据传是明朝宣德年间官窑出品，曾有文物贩子上门收购，价钱从几十块加到

3000，但李瞎子没卖。后来，又有几个文物贩子上门，价钱最高抬到5000，李瞎子还是没卖。再后来又有文物贩子上门，看了看没出价，摇摇头走了。之后就再也没有文物贩子上门了。

我打上了这个香炉的主意。一天傍晚，我揣着一只破瓦罐来到李瞎子家，悄悄地把瓦罐与香炉放在一起。论辈分我该叫李瞎子爷爷。我战战兢兢地说，爷，你给我算算，今年我能不能考上大学，我有没有上大学的命？李瞎子问了我生辰八字。算完，我说要看看香炉，却捧起瓦罐故意一失手摔在地上。瓦罐摔了个粉碎。我已经做好了思想准备，让李瞎子臭骂一顿，甚至痛打一场。我一边捡地上瓦罐的碎片，一边不住地道歉。没想到李瞎子却说，娃，碎就碎了吧，反正我也不烧香，摆在那里我一个瞎子又看不见。我把瓦罐碎片收拾起来，丢进村后一条河里，心中暗喜：我成功啦！重新回到李瞎子家，我说，爷，您老放心，等哪天我有了钱一定赔您。李瞎子笑了笑说，说什么傻话呢娃，一个不当吃不当喝的破香炉，赔什么赔？你只管好好读你的书，打今天起就忘了这事。我抱起香炉离开了李瞎子家。

5000块钱，别说对一个又老又穷的瞎子，就是对我们村里的普通人家来说，那时候也是个天文数字啊！就是这样一只香炉，我一"失手"把它"摔碎"了，李瞎子不仅连个"不"字都没说，还劝我从此忘了这事。老头儿真是太好啦！后来我顺利进了大学。我想一定要好好读书，将来加倍赔偿他。正是基于这种想法，我发奋读书，四年后大学毕业，读硕士，读博士，留校任教，直到今天。

十几年过去了，那件事却一直像块石头压在我心上，让我一天也不得安宁。当面赔他吧，老头儿肯定不会要；再说那只香炉也无法用金钱衡量啊！给李瞎子寄那点钱，与其说是我在帮助一位残疾老人，还不如说我是在救赎自己。就是今天，我仍然不敢面对李瞎子那张脸——尽管我知道他看不见我。好几次回乡探亲，我提着礼物去看李瞎子，想当面把事情的真相说出来，可就是张不开口！说着，李教授眼里涌出了泪水。

　　小魏问李教授，当年那只香炉您卖了多少钱？您就是用那笔钱进的大学吗？

　　李教授说，拿到香炉后，我去了县文化馆，找到文物鉴定专家，看它到底值多少钱。专家看了后说，那不过是一件现代仿品，原来的真品可能早被文物贩子掉包了吧。不过，这一切李瞎子毫不知情啊！我是靠政府助学贷款上的大学，后来在学校找了个打扫餐厅的活儿，放寒暑假就做家教，打零工。每当我在学习上遇到困难的时候，每当我感到命运不公的时候，我就会想起李瞎子。想起李瞎子，我就忘记了乡愁，就没有克服不了的困难。我终于完成了学业，考硕读博，留校任教，过上了比较优裕的生活。说着，李教授起身从书橱里拿出一只香炉，说，就是这只。虽然是一件现代仿品，但对我来说，它的价值却远远超过了原来的真品。

# 没有翅膀你别飞

○非　鱼

一只灰褐色的麻雀从窗前飞过，"倏"地一声，远了。

他斜依在窗前，看着窗外新芽初绽的梧桐，还有一掠而过的麻雀。他知道，只要轻轻抬一抬腿，他就可以飞出去，像鸟儿那样自由飞翔，所有的痛苦折磨便随之烟消云散。

他真的这么做了，大脑一瞬间变成空白，让他迈出了那一步。他以为他会像一只鸟儿那样，但一跨过那个矮矮的窗台，他就发现自己错了。他像一只笨重的熊，直朝地面砸去。

再次睁开眼睛，是在5天以后。他听到了一声苍老的呼唤："献儿，回来。"于是，他回来了。他慢慢睁开眼睛，看到了一片白，白的墙，白的衣，白的发。

"妈。"他想叫一声。但他叫不出来，一滴眼泪从眼角滚落，滚到一只骨节突出的手上。手像被开水烫了似的，哆嗦了一下，然后急促地抚着他的脸："献儿，献儿，你可回来了。"

两个月后，他被母亲从医院里用轮椅推了出来，除了大脑还能继续思维，从胳膊往下，他的身体变得软塌塌的，像一把面条。

"妈，让我去死吧，你别管我。"他扭头哀求母亲。

母亲不理他，赌气似的把车推得更快。

回到家，确切说是母亲和父亲的家。他的家早在和妻子离婚后成了一片冰冷的地狱，女儿被妻子带走了，他什么都没有，选择从楼上飞下去，是他做出的最残酷最无奈的选择。

父亲拄着拐杖从屋里出来，铁青着脸，一言不发，一只手帮妈妈把他推进一楼的屋里。从家门口到楼外的四层台阶已经用水泥砌成了斜坡，防盗门拆了，没有了门槛，他被稳稳地放在窄小的客厅当中。

父亲点燃了一支烟，母亲拿过毛巾不停地在脸上擦。

他突然低下头，把头窝在胸前，脸埋在双手间，呜呜大哭起来。

以后大概有3个多月的时间，他被父母小心地照顾着，总有一个人寸步不离在他跟前。父亲和母亲把一张大床和一张小床并在一起，晚上睡觉，他睡最里边，父亲挨着他，母亲挨着父亲，一旦他有什么动静，父亲就推推母亲，两个人一起起来给他翻身、换尿垫。每当父母花白的头低下来，为他收拾衣裤时，他就感觉有千把万把刀子在割他的心，他恨不得自己立刻消失，像一缕烟，被风吹散了，不留一丝痕迹。

那天母亲出去买菜，父亲在家陪他，父亲看他情绪比较稳定，就很放心地把他放在客厅，第一次没有推他到卫生间，自己去解手了。

他等父亲一进卫生间，就快速转动轮椅，一把拉住卫生间的门，把门扣扣上，然后用一小截铁丝插在扣鼻儿里。任凭父亲在里面叫喊，把那扇薄薄的木门拍得山响。

他把轮椅摇到厨房，那里有可以让他消失的工具：刀。

他拿起一把刀，放在腕上，喃喃道："爸，妈，对不起，再不能让你们为我受累了。"然后，对准腕上蜿蜒的青色凸起，割了下去。

感觉不到疼，他露出了一丝微笑。

突然，他的脸上热辣辣地烧了一下！那是父亲的巴掌，实实在在地扇在他脸上。父亲像一只被激怒的狗一样，瞪着他，双手发抖，嘴巴很难看地歪着："你个孬种！除了死你还会干什么？"

腕上的血还在滴，父亲一拐一拐颠进卧室拿来一根布条，狠狠地把滴血的地方捆住，继续瞪着他。

"养了你几十年，你就这样报答我和你妈？媳妇没了，可以重娶，孩子走了，还可以再要回来，你以为一死就啥都解脱了？你叫我和你妈咋活？"

这时，母亲回来了。一进家门看到他和父亲对峙的样子，看到他胳膊上缠着的血布条，她扔掉手里的菜，坐在沙发上仰着脸嚎啕大哭。

他转动轮椅，从父亲身边挤过去，转到母亲跟前，轻声叫："妈。"母亲没有一点儿反应，仍旧放声大哭。他伸出双手，抱住母亲的脸："妈，对不起。"

母亲没有理他，突然停住了哭泣，"呼"地站起来，快步走进厨房。等母亲从厨房出来，他看到母亲手里掂着那把明晃晃的切菜刀，"要死不是？大家一起死，自杀，我也会。"

母亲说完拿着刀毫不犹豫地向自己的胳膊割去，鲜血冒了出来。"妈——"他感到撕心裂肺般的痛，他大喊一声，和父亲同时扑向母亲。

他整个人重重地从轮椅上摔了下去，扑倒在母亲脚下。他此刻才体味到了死的痛苦，那是死者留给生者的痛苦，是失去的痛苦。

当又一个春天到来时，12岁的女儿推着他在门前的小花园里散步。春风轻拂，杨柳依依，小鸟在枝头唱着轻快的歌。他慢慢给女儿讲他想飞的过去，想被风吹散的过去，讲从卫生间破门而出的爷爷和嚎啕大哭的奶奶，他似乎很平静。

他说："孩子，生命不仅仅属于个人。人根本不能像鸟儿那样，没有翅膀，千万别飞。"

# 我在享受日光浴

○王琼华

  今天是我的生日，41 周岁。漂亮的秘书小丁早知道我这一天过生日，提早几天把这事告诉了平日小圈子里的几个朋友。于是，他们为了怎样让我快乐过好这一天把各自的头发都抓脱了几把。起初，我没点头。40 年了，只有 10 岁以前母亲给我过生日，当时还在乡下老家，又穷，生日也就是塞两个蘸红了壳的鸡蛋。过后就离家念书，念完书当了干部，10 年前又辞职下了海。这 30 年再也没过过生日了。现在回想起来，这过生日的意识早已淡化。可这几个朋友一直劝着，该像模像样过个生日。这 10 年间，从白手起家到当上总经理，从负债三十几万元到眼前每年可赚三四千万元，从当初谈业务还骑着旧单车到现在拥有三辆宝马两辆奔驰。凭这成功，也该好好祝贺祝贺。于是，我同意了。

  当然，我突然赞同过一个生日，还是有自己的想法，觉得自己该好好放松一下。说实话，在这看不到一滴血却充满血腥味的商场上，让我一年 365 天的每一秒钟都几乎要绷紧神经。我说过，要是自己突发脑溢血的话，那血肯定要忽地喷射到九霄云外。太压抑了！太紧张了！这充满诱惑的商场太让我投入了！唉，终于找到了这么一个日子能让我放松一下心情。

  到哪里去呢？

  我想到了海滩的日光浴。那是富人的一种时尚休闲方式。于是，我让秘书小丁往车尾巴上塞了一箱"鬼子酒"，准备到海滩上去享受日光浴后再一起畅饮一回。当初，为了请银行行长吃一顿饭，我整整咬了三天牙齿才下定决心喝这种酒。12888元一瓶啊！可眼前这么一箱酒今晚将被我们三下五除二地当易拉罐喝掉。昨天已经在毗邻海边的粤港海鲜大酒店订了一个大包厢。秘书小丁还给大酒店发了一个"伊妹儿"，把一席海鲜的菜谱也全订了。一句话，不吃海南岛海鲜，当然更不吃广东海鲜，要吃的全是海外空运过来的海鲜。秘书小丁知道我爱吃海鲜，但也知道我从不把什么海南广东海鲜当海鲜吃。

早晨出发，两辆宝马用了7个小时从京珠高速上赶到了海边。

看到大海，我两眼一亮。

不过进入海滨浴场的贵宾区后，我还是拧紧了眉头。我跟秘书小丁嘀咕一句："这里头人怎么也这样多?"即便是秘书小丁那样妩媚和性感地躺在身边，我也觉得好心情难以诱发出来。才躺了20来分钟吧，我索性把身上的沙子往两侧一扒就站了起来。

秘书小丁一愣："总经理，您有事吧。"

"我们还是选个僻静一点儿的地方。"

于是，我和秘书小丁以及几个朋友朝着海滨浴场左侧走过。在远远地走出海滨浴场后，我们找到一块很原始又很宁静的海滩。我欣喜万分，连说几声"好地方"，便躺在沙上，开始享受日光浴。

什么叫世外桃源? 这就是世外桃源。景色美，又无烦扰，让人惬意着，随意着，还能让自己在欣赏秘书小丁或让秘书小丁欣赏自己中尽情地交流眼神和肢体语言。

两个小时后，我觉得身体有了一种舒适感，好像堵满车塞满尾气的胸口又变得如同眼前的大海一样空阔和明亮了。不知过了多久，觉得该去用晚餐了，我便慢慢爬起身子。这时，突然听到有人哼歌，这肯定不是什么流行金曲，完全是鼻子里一种随心所欲哼出来的旋律。

我后悔了，刚才自己怎么不这样忘乎所以肆无忌惮地哼上一段呢?

于是，我有点羡慕地朝歌声传来的方向望去。离我十来米的地方有一个人，连衣服也没脱就躺在沙滩上了。

秘书小丁嘟哝着："一个叫花子。"

其实，我也看出来了。

只是我当即傻了眼。因为头脑中一根神经猛地被这乞丐惬意的样子触动了一下。我突然茫然着。我辛辛苦苦甚至是出生入死奋斗了10年，以一个成功者的身份携带无限风光地找到这个地方，却与一个叫花子为邻，而且看上去乞丐的心情比我还舒畅，因为叫花子在唱歌。

我侧身重新眺望大海。好一会儿，我想感叹一句："在这晒太阳真好!"

但最终我没有说出口。当然，在我心里已明白一个道理，不要把事业成功的回报看得多重，无非总经理在享受日光浴，叫花子在晒太阳罢了。只是随即又发现，即便自己明白了这个道理，也已经缺少了把日光浴说成晒太阳的勇气。

——这也许就是一个成功者的弱点吧。

于是，我转回身子仍然不由自主神气十足地跟秘书小丁说："下回我们再来这里日光浴!"

# 木爷的天机

○谢大立

金山是有名的赌博佬，最后一次把家里的一头牛也牵去输掉了。

父亲挥舞着刀子要杀他。他跑，父亲追。从村东头追到村西头，边追还边喊，你总有被老子逮着的一天，逮着了，老子要不剁了你，就是你养的！

有家不能归，放牛的木爷爷叫他进城去投靠他的叔叔。

他说，叔叔会收留我？叔叔不会收留我的。

木爷爷说，兴许会！

他说，您就这么有把握？能给我说个为什么？

木爷爷说，天机不可泄露。

叔叔果然同意收留他，前提是，他得发个毒誓，往后再不沾赌。他发了誓，就在叔叔的洗车行当了洗车工。

和别的洗车工一样的是，洗一辆车10元钱，行里提7元，他3元。不一样的是，他的钱得由叔叔管着，每天只给他20元钱吃饭零花。等他攒够了10万元一起给他，是叔叔对他的附加条件。

萌生买彩票的念头，纯属偶然和好玩。那天中午他把5元钱的份饭改成3元钱一碗的面条，用省下的两元钱买了一张。没想到一买就中，2元钱中了20元的奖。好玩，比赌博还好玩！金山又觉得日子有滋味了。兑了奖，理直气壮地买了一包10元的云烟。过去他抽的是2元5角一包的红金龙。

把烟给工友，工友们很惊讶。他说，有钱谁不会花？你们以为我是个小气鬼！

工友们异样地望他，金山兄发财啦？

金山头一歪，学木爷爷的口气说，天机不可泄露。金山继续每天中午吃3元的面，省下两元买彩票。

自那次得奖后，尽管他再没有得过20元的奖，两元两元加起来，远远超过了那个20元，但他丝毫不后悔。他坚信，只要自己持之以恒，一定还能得到20元的奖，甚至是50万的大奖。

这一天晚上，金山看着电视，猛地一掌拍在桌子上，把桌子上的茶杯拍得跳起了舞，把一旁的工友们也吓了一跳。

他果然接近50万的大奖了，那个中奖号和他的票号紧紧地挨着，他要是有钱买两张的话，那个大奖说不定就是他的了，买三张就肯定是他的了。工友们明白后说，原来金山兄的"天机不可泄露"是在玩彩票，彩票这种事得看命。金山不信命，坚持说，我要是有钱买三张，50万就是我的了！

叔叔打门口经过，折进他们的房间，也和他们说彩票。叔叔说，他的一位朋友就中过几回大奖，之所以能中，是他的这位朋友每次都10万10万地买……叔叔还说，等你们能10万10万地买了，得大奖的机会就来了。

金山终于有了10万元。望着如砖头一样码在面前的几捆百元大钞，金山的眼睛都不会眨了。金山还从来没有见过如此多的钱。金山最有钱的一次是两千元，那还是在梦里，那是他赌博输了想捞本的时候。

叔叔把钱往他的面前一推说，你终于可以去赌一回彩票了。

叔叔把彩票说成赌，金山的心里咯噔一下。

叔叔说，怎么啦，你不是一直在等着这一天吗？

金山一笑说，叔叔您是不是看到我的心里了……

　　叔叔说，叔叔只知道自己。叔叔过去也是个赌博佬，做梦都想口袋里有个三千两千能好好赌赌。叔叔是被你爷爷拿着刀子赶出家门的，是这家车行的老板也是你的叔外公收留了叔叔……

　　金山打断叔叔的话说，叔叔下面的话不说我也明白了，叔叔有了钱不去赌，是因为到手的是自己的血汗钱，赌输了，会把肠子悔断的，会从长江大桥上跳下去的……叔叔戒赌，叔外公才让我婶婶跟了叔叔。

　　叔叔的脸上露出了欣喜的笑，说，明白了就好。其实这个世界上到处都有大奖可得，可说是条条道路都通大奖，要不要叔叔给你指一条?

　　金山说，叔叔请讲。

　　叔叔一叹说，光阴似箭，叔叔老了，这些年挣的钱也够这辈子花的了，我的店卖别人是卖，卖你也是卖，你若要，10 万元给你，这个店一年可净挣 5 万，10 年后 50 万，也等于你赌彩票中了 50 万的大奖……

　　木爷爷"天机不可泄露"的话，随着叔叔的话在金山的耳边响起，醍醐灌顶。

# 耳 朵

○秦德龙

他总是面带笑容，静观身边的一切。也总是有人在他面前侃侃而谈，间或，也征求他的意见："您说呢？"

"什么？叫我说什么？"他做侧耳倾听状，请对方复述一遍。

"哦，您的耳朵坏了呀！"对方不好意思了，提高嗓门，将要说的话，又说了一遍。

他佛似的笑着，温文尔雅地发表了自己的见解。

"您怎么不办个残疾证呢？您这个身份，有个残疾证，到哪儿都方便嘛。乘车半票、免费旅游，每月还有 1000 多块钱的补贴……"

"那么多战友都没命了，可我的脑袋还在啊！"

听他这么说，人们无不钦佩。人们互相咬着耳朵，说了些他听不见的话。他这个人啊，就是厚道。明明是在战场上伤的耳朵，转业后又在民政局工作过，办个残疾证，也是名正言顺嘛。别人的证，他都给办了，自己的证却不办，脑子里装的是浆子吗？

他听不见人们怎么说，但明白人们会怎么说。他也不和人们争辩，过着与世无争的日子。除了听力有障碍之外，身体的其他器官都是好好的，有什么必要办伤残证呢？也许，办了残疾证，自己就真的成为残疾人了。

他潜心做事，努力做着分内的事。闲下来便静立于街头，用目光捕捉社会生活的一道道风景。在一个阳光明媚的上午，他以特殊的感受，获得了新奇的发现。他先后见到了这样一些残疾人：跛脚者、佝偻者、截肢者、偏瘫者……跛脚者努力保持着平稳的步伐，肩膀一高一低，似乎是路不平造成的。佝偻者走起路来猫着腰，却大摇大摆，如入无人之境。截肢者戴着一只白手套，神态详和，像是随时要和地下交通员接暗号。偏瘫者摇着轮椅进退自如，有若使用遥控器……和他们比，自己的听障又算得了什么呢？他的心胸更坦然了，状态更达观了，既像是德高望重的老先生，又像是天真烂漫的老顽童。

他越是这样，人们越是把他当成了大境界。不是吗？他上过战场，伤了耳朵，却不居功自傲，更不给自己办残疾证，他不是大境界，谁是大境界呢？"曾经沧海难为水，除却巫山不是云"啊！

于是，人们心里有什么烦恼，都愿意对他说说；有什么困难，都想让他给拿拿主意。

"让我说什么好呢？有什么想不通的，到火葬场转转，啥事都没有了。"他总是拿"火葬场"说事，拿"火葬场"息事宁人。"火葬场"成了他的口头禅、灭火器。

听他说"火葬场"，人们都笑了，都释然了。火葬场，是人们最不想去的地方，可又是人们不得不去的地方。现在是给别人送行，将来是必须亲自去，想不去都不行。人们一想到那个地方，心里的疙瘩，很容易就化解了。

"人生的许多烦恼，都是由耳朵造成的。"他说。

他真的入了境界，双耳不闻窗外事。每天，只见他的耳朵上塞着耳机，在街头晃荡。是助听器？还是 MP3？都不是。他不想听见任何喧闹的声音，更不会陶醉于悦耳的音乐中。他的耳朵塞满了，听不见任何声音。听不见声音的感觉，真好啊。听不见尘世的喧闹，才能静心过日子呢。他想。

许多人向他学习，耳朵里也塞着东西，却总是忍不住想听见各种声音。

# 不会大声说话的人

○庄　学

张浩原来在部队是队列教练。当过兵的人都知道，在部队当队列教练的人除了一招一式的队列动作极其规范外，还有就是嗓门嘹亮浑厚有力。一句口令一出，其嗓音能洞穿千米以外，能使树上的麻雀扑棱棱打几个滚栽倒在地；能使上万人马不由地浑身一激灵，挺直了身板，成为一个有机的整体，随着张浩的口令做起动作来。

铁打的营盘流水的兵，张浩于世纪之交转业回到了家乡城市的政府机关，做起了一名小公务员。没有了部队那样的环境，张浩的嗓门就闲置起来了。寂寥的张浩有时候早上起早跑到野外，对着阡陌荒野吼几嗓子。

张浩努力去适应"地方"这个环境，于是无论见到哪位正副领导，一律称呼正职；平常说话行事都揣着明白装糊涂。更为重要的一点，就是在这样的大机关说话平稳中速，忌讳大嗓门。女朋友金元是这样交代他的：在一些办公、社交场合，就如咱们现在坐的这个咖啡厅，有着宽大的落地窗户和波浪般的真丝绒窗帘，有着昏暗的镂花吊灯和吊篮般的座椅，似有似无的音乐流淌在这里的每一个空间，坐在这样一个幽雅的地方，任何一个高分贝的声响的都会破坏这里的和谐与安宁，所有的人都在低声地呢喃着，如同山涧淙淙流淌。

张浩也要与时俱进呢。

张浩在机关里看到，人们说话时永远是匀速的，极少带感情色彩。

笑，通常是人们极富张力的一种表情运用。对上级是谦恭的笑，再伴以"好"、"中"、"行"、"马上去办"等清晰低沉的语音；对同事则是平和的微笑，再不失时机地随和"是吗？"、"呵呵，有这样的事？"或者"哎呀！你真是个好人。"就算同事间有天大的鸿沟，哪有巴掌拍向笑脸人呢？

张浩逐渐融入了这样的环境里。领导夸他谦虚谨慎，同事们则说他是个好人。金元也偎到他的怀里，仰脸望着他轻轻地吐出了"我越来越喜欢你了"这样滚烫的话语。

张浩有时也很怀念在部队的那些日子，于是早上起来，迎着朝阳，朝着露水高声地啊呀几声。可是张浩张大了嘴吐出的声音却如同拐了几个弯，嘶哑起来，明显地失去了浑厚的感觉。但，就是这样的嗓子，张浩也是越来越少地亮了。

这个秋天的雨水出奇的多，在连下了三天三夜后，城市边上的一道防洪渠的堤坝出现了险情，机关也忙碌起来。张浩随着领导日夜巡视在堤坝上，不知疲倦地冒雨奔跑着，紧张的时刻连吃饭也顾不上了。这个时候的张浩仿佛又回到了部队的时光。

在一个雨中的黄昏，张浩随着领导在堤坝上巡视着。领导暗示张浩，等这次抗洪救灾过后，将要提拔他到某部门任一把手。张浩心中一阵狂喜，外表却一派平静，谦恭地说："谢谢领导，没有您的培养，就没有我的今天。"

一行人随着领导在主要的地段察看，一阵闪电从长空瞬间划过，从闪电的光亮中，张浩发现领导脚下的一块土松动了，堤坝下的浪头一下一下地拍打冲刷着堤岸。张浩想大声地呼喊，却不知怎的，嗓子紧了起来，喊出的声音是那样的细弱无力。也许是风雨的声音太大了吧，也许领导就着灯光看昏黄的水流太专注了吧，危险在一分一分地迫近……

在这万分危急的时候，张浩扑上前去想把领导拽回来，可是轰隆一声，张浩和领导随着轰鸣跌入了滔滔洪流。在张浩即将没顶的瞬间，张浩发出了一声响亮的呼叫："啊呀！"

# 收　获

○无业良民

范阳平迷上了外语，成天那么"呜噜呜噜"着。工友说这小子整天放洋屁。以后就没人喊他范阳平了，"放洋屁"这个外号响彻了全车间。

其实上中学的时候范阳平是同学眼里的超级笨蛋，英语考试次次名列"后茅"。名列前茅的是女生文雯。文雯成天那么"呜噜呜噜"着，后来班里有了个歇后语"文雯说话——范阳平（放洋屁）"。不管文雯的想法怎样，反正范阳平挺乐意这个歇后语把自己和"班草"联系在一起。"班草"是男同学在背后给文雯的"封号"，意思是比班花差一个档次，也还差不了多少。

高中毕业后范阳平进了工厂。范阳平的运气不错，负责操作一台进口设备，每天只要按三下按钮就没事了，机器自己会干活。

人会犯脾气，机器也会"尥蹶子"。有一天，那台洋机器罢工了，急得范阳平围着它绕了三圈。范阳平的三圈没有那个老外一圈管用，老外只绕了一个圈就把机器修好了。范阳平觉得老外的翻译面熟，他们互相打量了两秒钟后，都笑了。范阳平说，哎呀，你到这儿放……来了。范阳平把"洋屁"两个字咽了下去，因为他忽然觉得当着她说不雅的词真是不雅。

后来就在一起吃饭，文雯告诉范阳平她在外贸局当翻译，文雯还告诉范阳平那次修机器他们公司出了两万美金。范阳平听了，眼珠子差点儿掉到菜盘里，妈呀，顶我多少年工资啊。范阳平就算计，如果咱们自己修能花多少钱呢。

过后不久范阳平就开始了"放洋屁"的历程。早上见到工友，他说，姑的毛领。下午下班，他说，姑的伯。工友说有点发昏。

范阳平的英语功夫小小地露了一回脸。有一拨老外来洽谈合作事宜，到范阳平所在的车间参观，也只是参观，翻译就跟着另外三个老外去了其它车间。老外在范阳平的工位前站了很久，还互相嘀咕。范阳平的耳朵抻成驴耳朵也没听明白他们说的是什么，他想老外如果说的是外国方言那就没辙了——他哪儿知道他们说的是德语。忽然，其中一位老外不安起来，东瞅西瞅，满脸窘迫。老外连比带划，陪同还是不明白。范阳平斗胆冲老外用英语说，要帮忙吗？老外赶紧说，也四。范阳平全听明白了，赶紧把老外带走了。五分钟后，老外返回，一脸轻松的表情。后来工友打探，你都跟老外说啥了？范阳平一脸神秘地问，你们真的想知道？大家点头。范阳平"扑哧"一乐说，老外想尿。

第一次成功地和老外用英语交流后，让范阳平成了"神经病"。范阳平的抽屉里出现了方便面的包装，出现了《小学生英语报》，还出现了其它一些印着洋文的纸片儿。工友说，好好干你的活儿吧，你放心，老外不会再来问你厕所在哪儿了。范阳平一本正经地说，2008 快到了，咱们也该学学了。然后又对大家说了一通洋话。工友们一哄而散，说，这小子着了魔，满嘴洋屁。

半年后范阳平让下至工友上至总经理震惊了一次。范阳平把进口设备的说明书翻译成了中文，尽管翻译得还不太规范，但是比那张沿用已久的操作指南可强多了。需要指出的是，在范阳平这些成绩的背后，"班草"文零作为范阳平的业余辅导老师，功不可没。

范阳平被视为公司的稀有动物得到了保护，他被调到了设备部，专门负责全公司进口设备的技术维护。换了一个新环境，范阳平劲头更足，很快资料室的外文资料就不够用了。在公司领导的支持下，范阳平去了趟北京，采购有关外文资料。范阳平还邀请了一位专家前去作指导。专家不是别人，是"班草"。有了那些资料，范阳平如虎添翼，两年后成了某种专业进口设备方面的专家。

一个青工刻苦学英语的事迹成了全市青年学科学、学技术的榜样。团市委还为范阳平组织了一次交流会。会上有人问学习英语的最大收获是什么，范阳平想了想说，媳妇儿。

后来范阳平的同学中出现了一条传言：你知道吗，"前茅"和"后茅"搞到一起了。

这不是一条传言。

# 变 奏

○段淑芳

在我读初中一年级时，学校就在我家附近几百米远。每次我从家里到学校时，总有几个初三的男生在后面跟着起哄，他们"志明、志明"的叫着一个男生的名字。我知道，志明是初三的一个男生，我左右一看，没半个人影，更别说那个叫志明的男生。若是对着我喊吧，又奇了怪了，我哪一点也不和他长得相像啊！

就在我百思不得其解时，那个叫志明的男生终于现身了。他给我写了一封信，说他一看见我就喜欢上了我，喜欢我的笑，喜欢我说话的样子。我也终于明白了，那些可恶的男生冲着我喊他的名字是有原因的。想必志明在男生那里早已公开承认了喜欢我的。男生们似乎想用这种方式来印证一下。就像农村里叫"孩子他娘"、"李四屋里"一样，把一个女的叫成一个男人的名字，就像打上了那个男的烙印，像产品认证一样，抹也抹不掉，飞也飞不走了。

当我明白个中原委时，我哇哇地哭了。我让志明把"命令"赶紧传达下去，不许那些可恶的男生再这么叫我。他说好，既然你不喜欢，我让他们以后不叫就是了。这以后，那些瞎起哄的男生果然收敛了，再没人当我的面喊志明了。可是三年级的男生不叫了，隔壁班的男生却又在一夜之间叫开了。每次我一路过他们的教室门口，就有人趴在窗户前或是在走廊前一个劲儿地挤眉弄眼，志明、志明的乱喊一气。我委屈万分，是志明喜欢我，又不是我喜欢他，竟要我凭白受这番羞辱。我又哇哇地哭着跑去告诉了志明。那个时候，眼泪是我唯一的武器，哭是我解决问题的唯一办法。

那天，我像往常那样从家里赶到学校。路过隔壁班时，我看到走廊上闹哄哄的，好多人围在那里，有个男生鼻青脸肿的在那里鼻子一耸一耸，抽风箱似的掉眼泪。现场有厮打过的痕迹。我不明白发生什么事了，也不想明白，只是径直走到自己的教室。但我的第六感觉告诉我，背后有很多双眼睛在看我。我摇摇头，但愿是自己的错觉，这事跟我又有什么关系呢！下午，学校的广播里点名批评了以志明为首的三年级的一帮男生，说他们在低年级班寻衅滋事，情况恶劣，影响极坏，每人记处分一次。

我隐约感觉到，这事也许真与我脱不了干系。

自那以后，再也没人当着我的面喊志明了。志明似乎不打算掩饰对我的好，他逃学一上午，只为从山上摘一袋子红艳艳的杨梅，当着很多人的面大摇大摆地放到我的课桌上，然后一句话也不说，就一溜烟地跑开了，让你连拒绝的机会也没有。他用瞪眼和拳头吓走了欺负我的男生，他在我上学必经的路上等我很久，只为给我一个刚刚煮熟的玉米棒或者香喷喷的烤红薯。

志明的初中生涯就这么过去了。他拿着一本崭新的同学录，让我给他在第一页留言。我还清楚地记得我的留言：志明同学，人生的路坎坷不平，祝你脚踏实地，一步一个脚印。我们还交换了相片。

志明初中毕业后上了一家自费中专，毕业后就去了广东。那时我也读中专了。志明依然保留着给我写信的习惯，字里行间也更大胆了。他终于用他那成人式的口气告诉我，他是真的很喜欢我，要正式追求我。我想也没想就拒绝了，甚至不懂得委婉的艺术。我对自己说，我的白马王子怎么可能是一个一无所有的打工仔呢！

志明被我拒绝后，很长时间没跟我联系，我也乐得清静。倒是他的朋友告诉我，他消沉了很长一段日子，终日躲在租来的小房子里借酒消愁。

我不以为然，总觉得未免太过于夸张，可能把影视里那一套成人游戏搬了过来借用。小小年纪，哪里懂得了感情的千般滋味。

中专毕业后，我在家里待业了一两年。工作的问题迟迟未得到落实，我就像那笼子里的鸟，想飞却飞不高，只能像一只困兽一样作徒劳的挣扎。这时，志明来信了，他说他现在在一个规模很大的电脑公司当主管，月薪数千元。他们那正缺一个文员，月薪1500元，问我去不去。我一听有这样的好事，卷起包袱就要走人。就在这时，我悬而未决的工作问题已看到了黎明前的曙光，我也就放弃了外出的打算。但在我心里，我是很感激志明的，在我人生陷入低谷之际，是他惦记我，不计前嫌来帮助我。

有一天，我在街上碰到初中时的同学，也是志明的一个死党。我们聊起了志明。我说，据说志明现在混得不错呢，还当了主管，月薪是我的好几倍呢！他疑惑地望了望我，你是真不知道还是假不知道，志明那是在搞传销，骗了好多同学和朋友做他的下线。我也差点没上他的当。现在在搞严打，他已被公安局抓了，正等家里拿钱去赎呢！

# 登山冠军

○肖克凡

他累极了。缩身坐在从中天门前往南天门的半路上。这是泰山石阶路，一阶阶通往山顶。山顶就是人们为之向往的极顶。

他一路领先，率先到达这里歇脚。大汗淋漓、腰酸、腿胀、心跳加速……在山下他跟同学们说了大话，一定要第一个到达极顶。会当凌绝顶，一览众山小嘛。

抬头向上望去，南天门不远了。也不太近。十八盘啊十八盘。他回头朝着山下望去，同学们被远远甩在后面，不见人影。

毕竟是遥遥领先啊。他得意起来，开始注意下山人们的神态。满脸倦色，脚步僵硬，身体摇晃……他认为这就是"不虚此行"一词的真实注解。

他问一位下山的游客，极顶风光很美吧。那位登顶归来的游客告诉他，站在极顶远眺黄河，人显得非常渺小。这时候他想起女同学妙妙，今天登山她身着红衣白裤。即使红衣白裤站在极顶，同样显得渺小吧。

来了一个卖冰果的老汉，大声吆喝着："游客们，你吃了我的冰果，我把十八盘掌故给你讲一讲。"他听出这位老汉以介绍泰山景物为饵，以高于山下两倍的价钱兜售冰果。

那你给我讲一讲极顶吧。他掏钱买了一颗冰果，边吃边听老汉讲解极顶景色。老汉脸上挂着笑说，你要是吃下两颗冰果，我就能把极顶的景致一件件一宗宗讲解一遍，跟你亲自上去没有什么两样。

他就掏钱买了第二颗冰果。静心听着老汉的讲解，他仿佛真的漫步极顶了。

他站起身来，好像恢复了几分体力。这时一群大学生追赶上来，发出一阵欢呼声。

一个红衣白裤的女生大声说道，你夸口说第一个冲上极顶，现在我们追上你啦。

他大惊失色，从幻想中的极顶跌落下来。

卖冰果的老汉已经走了。

我们后来居上，你这登山冠军恐怕当不成了。同学们七嘴八舌说着。那位红衣白裤的女生，甚至向他投来奚落的目光。

他的男子汉自尊心被这目光刺痛了。他当然不会忘记在山下夸下的海口。不知为什么，他不紧不慢说出这样一番话语：我早登上极顶了，现在是下山呢，可巧走到这里遇到你们。

同学们怔住了，继而发出一阵惊叹：哇噻！你真是登山冠军，神行太保啊。

那位红衣白裤的女生妙妙，瞪大一双眼睛注视着他，目光里充满羡慕和崇拜。

他继续说，真正的极顶在玉皇阁前院呢，你们可以朝上面投掷硬币，比一比谁的运气好。

你真伟大。红衣白裤的妙妙小声跟他说，你就在这里等候我吧，冠军同志。说罢她转身跟随同学们继续登山了。

他极不自然地笑着说，好吧我等你。听了这话红衣白裤的妙妙猛然回头问他，你说会当凌绝顶真的具有人生意义吗？

她分明是向这位登山冠军讨教呢。他的心倏地一缩，胃里那两颗冰果开始翻腾了。

妙妙攀山而去了。她愈攀愈远，石阶路上她终于成为他目光之中的一个红点。

他站在石阶路上，上也不是，下也不是，仿佛一块风化了的石头。这时候，他感到自己已经失去了泰山极顶，而且永远失去了。

# 真爱是佛

○闵凡利

事儿是去年冬天的一个晚上。那天下着雪。雪不是很大，但从容不迫，很缠绵。那天因为一点家庭琐事我和老婆斗起了嘴。老婆的嘴很厉害，机关枪似的，吵得我头都大了，我就感觉我像一个气球，要爆炸了。一气之下，我甩手走出了家门。

外面白茫茫的一片。出了门我才想起，去哪儿呢？看了看家的方向，我知道家里还弥漫着硝烟，是不能回的。唉，很久没去好伯那儿了，到他家坐坐吧！

好伯今年70多了，一个人住在村子的边上。以前我常去他那儿的，在他那儿，我学了很多做人做事的道理。好伯是一个很智慧的人。

好伯见我进门，很惊讶。就笑着对我说：你可是有好长时间没来了。

我说是的，有很长时间了。天天写，忙啊！

好伯递给我一个马扎，让我坐下。我苦笑着说，好伯，很久没听你讲古了，讲一个吧！

好伯笑着看了我一会儿说好吧。接着就讲了——

说的是在很久以前，有一对母子相依为命，当儿子长到20来岁的时候，迷上了修仙成佛。由于年轻人心思都在烧香念经上，所以家里地里的活儿都落在他母亲身上。有一天，年轻人听说在千里之外的龙山上有一个开悟的和尚，是天下最有智慧的得道高僧，世上没有难得住他的事。年轻人就想：我天天这么虔诚地烧香念经，为什么就是见不到真正的佛呢？不行，我得去龙山。

当然那也是个冬天，年轻人就瞒着母亲，偷偷地打点了行囊，悄悄地去龙山了。

年轻人翻了很多的山，蹚了很多的河，终于来到了龙山，见到了那位开悟的高僧。年轻人虔诚得像见了佛祖一样纳头便拜，请高僧给他指点迷津。

年轻人问高僧：我天天烧香磕头，天天念经祷告，可我一次佛也没见到，世上到底有没有佛呢？

高僧说：有。怎么没有呢?!

年轻人问：怎样才能见到我一心参拜的佛呢？

高僧问明年轻人的身世和他的状况，知道年轻人是一个很虔诚的修炼者。高僧就说：佛其实很好见，关键是你的眼睛能不能看到啊！

年轻人说我的眼睛非常非常好，就是在漆黑的晚上我也能看个百米以外。

高僧笑了笑说：佛其实很好找，就是为你赤脚开门的那个人！

年轻人从此就踏上了寻佛的路。他专门在夜晚去敲旅店和客店的门，敲亮着灯或是没亮着灯的门。可每次出来给他开门的人都不是赤着脚的。转眼一年过去了，年轻人没有遇到一个赤脚为他开门的人。年轻人就有些失望了。年轻人想，也许这世上没有佛吧。于是年轻人开始踏上了回家的路。

那天也像今天一样，也是下着雪。那天的雪要比今天大。来到村子时，已是深夜了。年轻人就敲响了自家的门，年轻人说：娘，开门！我回来了！

年轻人话音没落，门很快就打开了。他娘满脸泪花地站在年轻人的面前。他娘有些不相信地说：我儿，真的是你回来了？真的是你回来了！

年轻人说，娘，真的是我回来了！年轻人这时才发现：娘是光着脚的——

望着光着脚的娘，年轻人猛地明白谁是佛了……

好伯给我讲完有好大一会儿不说话。好久才说：天很晚了，回家吧，过日子哪能都是上坡呢！回家吧，晚了，小孩的妈牵挂！

我只好踏上了回家的路。现在雪很厚了。别看着雪小，其实一个劲儿地下，照样是大雪的。我敲响了家的门。我说：开门！开门！

门很快打开了，老婆站在了门口，老婆看见我，眼里的泪哗地流了下来。

我这时才发现：老婆是光着脚给我开的门！我的心湿润了。

我转身把门关上，然后轻轻地抱起妻子……

# 搭车记

## ○邢庆杰

小时候，黎鸣最大的愿望就是当一名警察。每当在电影里看到警察说"我是警察"时，他就觉得特别威风。

高考时，黎鸣第一志愿报了警校。他很幸运，被录取了。几年后，他终于实现了自己的夙愿，分到市公安局当了一名警察。

黎鸣家在200里之外的农村，回家时，先从市长途汽车站坐车到县长途汽车站，然后再坐通乡镇的公共汽车，到镇上下了车，再步行3公里才到家。从市区到县里，10分钟一趟车，很方便，但从县里到镇上，就比较麻烦了，有时，两个小时也发不了一趟车。

黎鸣开始试着搭车，是在上班一年之后。这一天，他站在回家的路口，学着港台片上警察的样子，拦住一辆面包车，然后出示"警官证"说，我是警察，想搭你的车。司机打量了一下他一身的警服，没看他的证件，就痛快地说，上来吧。上车后，通过交谈，才知道司机是黎鸣家所在的镇上的，在镇政府旁边开了一家饭馆，每隔几天开车到县城买一次菜。到了镇上后，司机主动说，你离家还远，我送你吧。从镇上到村里3公里的路程，步行需要半个小时，而坐车，5分钟就到家门口了，省了他以前的步行之苦。

第一次搭车，黎鸣觉出了搭车的好处——方便快捷，省时省力。自此，每次回家，他都在县城搭车，而且每次都能如愿。这更使他感觉到当警察的优越性。

后来，黎鸣又从市内开始搭车了，从市里搭到县里，再从县里搭到镇上。运气好的时候，还能直接从市里搭到镇上。他搭的每一辆车，几乎无一例外地都把他送到家门口。

黎鸣工作很努力，几年后，被提拔为户政科副科长。

秋天的一个周六上午，黎鸣又站到了路边上，想搭车回家。

一辆黑色的轿车缓缓驶过来，他招了招手，轿车在他面前停下了。车停下后，黎鸣才看清，这是一辆2.8排量的"奥迪A6"，坐这种车的，不是领导，就是大老板。他迟疑地放下了手，他以前从不搭这么高档的车。车窗玻璃缓缓下降，司机探出头问他，有事吗？

黎鸣说，我……想搭个车。这是他搭车以来第一次说得这么迟疑。

去哪里？

黎鸣说出了他所在的那个县那个镇的名字。

司机说，我这车去省城，不顺路。

好，好！那你快走吧！黎鸣竟然有了一种如释重负的感觉。

这时，从车内传出一个浑厚的男人的声音，上来吧，搭一段也行呀。

黎鸣一想，去省城虽然不顺路，但从最近的路段下车，离他所在的镇也只有十几公里了，应该能搭到车。就拉开车门上了车。

车的后排座上，坐着一个50多岁的男人，微胖，两个鬓角已经泛白。

男人主动问，小伙子，在哪儿工作呀？

黎鸣掏出警官证，递给男人说，我在市公安局上班，这是我的证件。

男人看了看他的证件，还给了他。

静了片刻，男人又问，小伙子，经常回家吗？

黎鸣说，每周都回。

经常搭车？

黎鸣点了点头。

那，你为什么不坐客车呢？

黎鸣说，要倒好几次车，不方便。

你每周都回家干什么？

看我母亲。

你母亲一个人在家？

是的。

那为什么不接来一起住？

那得等分了房子——我现在还住着集体宿舍。

男人再也没有说话。

到了该停车的时候，男人说，别停了，还有时间，把他送回家。

黎鸣说，这怎么好意思？

男人说，这有什么？举手之劳。

一直送到黎鸣的家门口。黎鸣下了车，对男人说，真的谢谢您了！

男人说，这是应该的，你是为人民服务的，我是为你服务的。

这句话把黎鸣扔进了雾谷。

很快，黎鸣就把这件事情忘掉了。

一天早上，刚上班，局长一个电话就把黎鸣召到办公室。

局长问，你是不是搭过省公安厅马厅长的车？

黎鸣愣了一下后，马上明白过来，感觉要大祸临头了。因为，根据纪律，非公务行为是不允许利用职务之便搭车的。

一瞬间，他的汗就下来了。他胆怯地看着局长问，我……我是不是……给你惹麻烦了？

局长"哼"了一声说，瞧你这点儿胆，搭车时的胆儿哪去了？

黎鸣羞愧地低下了头。

局长忽然拍了拍他的肩膀说，好了，没什么事。

马厅长是和我一起开会时顺便提起的，他向我表扬了你，说你孝顺，每周两天的休班时间不去泡女朋友，不去休闲娱乐，而跑到农村去看望你的老母亲。现在的年轻人，很少有这样的了……

黎鸣从此再也没有搭过车。

# 名琴师

○聂鑫森

　　四十岁的杨滔，在这个天刚蒙蒙亮的初夏早晨，急匆匆地走出了莲城宾馆，然后，坐进一辆草绿色的出租车。

　　他对司机说："请去雨湖社区。"

　　司机奇怪地瞟了他一眼，不解地点了点头。

　　"我去看个老朋友。"

　　"您一定是个急性子，您一定是从北方来的，也许人家还没起床哩。"

　　司机按了一声喇叭，车轮子便呼呼地奔跑起来。

　　杨滔微微闭上眼睛，把头往后一仰，贴在椅背上。他实在有些疲惫，再不想多说话了。司机之所以知道他是北方人，定是因为他一口纯正的"京片子"，一点也不假，他是从北方的一座大城市赶来的，坐了十几个小时的火车，昨晚10点才来到这座江南的古城湘潭。他的"京片子"不是普通话的那种，而是京腔京韵，只是司机不会猜到他是梨园中人，眼下还是一个名叫"百花京剧团"的团长。他要来看望的这位"老朋友"叫杜声远，他并不认识他。两年前杨滔调到京剧团当团长时，杜声远早就退休，并和老伴毅然南下，"投奔"已先在湘潭成家立业的儿子。

　　杨滔忽然叹了一口气。他不明白名琴师杜声远，为什么一到60岁就忙着办了退休手续，把这么一个重要的位置让给了徒弟尤为，一眨眼就5年了。老爷子身板还硬朗吗？手上的活还是那样精妙吗？杨滔听说杜声远退休时，跟在身边学了 8 年京胡的尤为刚刚有了些名气。尤为苦苦哀求师傅再带他几年，杜声远板着脸说："孩子总是要断奶的，你得快快独立。我不走，重活难活轮不到你！你拉的曲目，可以录了音寄给我，我若觉得有改进的地方，也会再拉一遍，录了音寄给你。好吗？"

平心而论，尤为的琴艺已经很不错了，但杨滔总觉得尤为似乎还差点火候。这次新排的现代京剧《八一枪声》，再过 20 天，就要去中南海为中央首长演出了，中央台戏剧频道还要现场直播，这可不是开玩笑的事。因此，他向尤为打听了杜声远的住处，却没说要干什么，就一个人悄悄地来了，目的是请杜声远出山"救场"。平日里他听尤为偶尔谈起过杜声远，在社区组织了一个"票友会"，早早晚晚为票友说戏、拉琴，痴心不改啊。

杨滔虽没和杜声远碰过面，但听过他拉琴，衬、托、垫、带，严丝合缝，坐得住尺寸，快而不乱，慢而不滞，已入化境。记得看《群英会》，演到"蒋干盗书"一折，鲁肃到周瑜卧室放置假书信时，并无唱腔，只有一些做派，极易冷场。杜声远拉起"小开门"，施展绝技，过门越拉越快，与鼓板吻合，极为悦耳；尔后再由快转慢，与鲁肃的各种表情、动作配合默契，观众掌声轰然而起。这才叫名琴师呢。

司机忽然说道："先生，雨湖社区到了。"

杨滔激灵一下睁开眼，说声"谢谢"，忙付了款下车。他抬起头，看见古典的牌楼上方，嵌着一块大理石匾额，上书四个隶字：雨湖社区。

天色已经亮晰多了。杨滔忽然听见有清亮的京胡声从里面飘了出来，心中一喜，便连忙循着琴声进了牌楼。里面的花树，红绿相间，簇拥着一幢幢的住宅楼，环境十分清幽。他穿过园圃，绕过一幢幢的高楼，曲径通幽，把他引到了后面的院落。这里有一个小池塘，池塘边有假山、亭子、紫藤花架和一片玉兰花树，白色的硕大花朵错杂地怒放着。在那个亭子里，散落着十几个人，京胡声正是从那儿传出来的。

杨滔快步走过去，他虽没见过杜声远，但看过他的照片，一眼准能认出来。当他走进宽大的亭子，果然有一个两鬓斑白的老人在拉琴，拉的是《夜深沉》曲牌。杨滔打量了一下老人，便断定是杜声远无疑。那真是一把好琴，名贵紫竹做的琴杆，杆端嵌着一块翡翠老玉；黄杨木做的琴轴，黄亮如鸡油；声音既高亮又圆润松甜，既宽厚又集中充实。细听下去，分明那弓法、指法偶有滞涩之处，显露出些许"老气"。杜声远拉完了《夜深沉》，问："谁来一段？"

"我来一段《朝霞映在阳澄湖上》，您费心啦。"说话的是一个中年汉子。

过门一完，中年汉子开口便唱。杨滔一听，便知唱得不怎么样，荒腔走板。杜声远却能熟练地让琴声"贴"上去，但显得很费力。此后，有唱《红灯记》李奶奶的，有唱《四郎探母》杨四郎的，唱得都不地道。杨滔明白了，杜声远的京胡，老是为这些人伴奏，再高的水平也会拖疲拖垮，和他的徒弟尤为比起来，已差了一大截。入京演出原想拉老爷子出阵，看来已经没有任何意义。杨滔本想和老爷子叙谈叙谈，终于忍住了，谈此行的目的？谈他的失望？那不是让老爷子伤心吗？杨滔悄悄地离开了亭子，连头也没有回。可惜他没有看见，杜声远望了望他远去的身影，意味深长地笑了一下。

在中南海演出的那个夜晚，杨滔站立在幕侧乐队的旁边。他不担心演员的表演，只担心尤为的演奏，千万别出娄子呀。

在大幕即将启开，报幕员在幕前报幕时，杨滔看见尤为从一个古雅的琴匣中，取出一把京胡，架到了膝盖上。杨滔眼睛一亮，那不是杜声远的胡琴吗？紫竹琴杆，杆端嵌翡翠老玉，黄杨木的琴轴，黄亮如鸡油……他记起从湘潭回到团里后，传达室的人说，尤为常收到从湘潭快递来的包裹。现在看来，那一定是录音磁带之类的东西。

那晚的演出非常成功。闭幕后，掌声经久不息。杨滔跑过去一把握住尤为的手，说："真好！真好！你成功了！"

尤为的双眼噙满了泪水，喃喃地说："杨团长，我好像听见师傅的掌声了……"

# 大能人

〇胡　炎

都知道，陶老大是个大能人。

陶老大住在明珠城市花园，那是个有档次的住宅区，住在里面的人，都是有些钱的。陶老大前些年做过生意，料是有些积蓄的。有了钱，陶老大就把生意转了，对人说："人活一世，草木一秋。钱多少是个够，不操那个心了，享受生活。"

平日里，登门求助陶老大的人，总是隔三差五地来，带些好烟好酒，有的还送红包。送红包的人，自是有底气的，红包里的大钞，不会少于五张。陶老大也不客气，照单全收。他说："这年月，智慧无价。信息社会嘛，什么最金贵？创意！"

陶老大的脸上，很是有些得意。

陶老大的点子多，一眨眼不是一个点子，而是一串。不管你有什么问题，陶老大都从容自若，眯起眼，脑袋一晃，然后从那架斯文的眼镜后射出两束智慧之光。如此这般，稍加点拨，求助者立即心领神会，大叹高妙。

有一样，陶老大出点子，不害人。比如有人开饭店，竞争不过对手，陶老大不会出那些诸如故意往人家饭店放脏物或者搞毁谤之类的下作主意，而是在特色、人气上下功夫。陶老大问："那家店主要经营什么？"来人答："海鲜。"

陶老大说："你呢？"

"也是海鲜。"

陶老大点点头："海鲜吸水，食者易渴，你可配些粥品，另每菜以水果点缀，取名要讲究，比如蟹王摘桃；虾仙贺寿之类。还有，店名也要改一改，就叫润粥海鲜馆。人图什么，就图个滋润。"

来人一试，果然大见成效。当然，人有三六九等，出入于陶老大门庭的，有官，有商，也有布衣百姓。陶老大倒没什么身份歧视，一概接待。一次，来了个中年人，挺瘦，营养不良的样子。陶老大说："有什么事，尽管说。"

中年人哭丧着脸："前些时让人骗了，给我两百块钱假币，花也花不出去，真叫人心疼。""哦，是挺闹心的。"

"不光是这个呢！"中年人说，"今天又接到了一个请帖，让我去参加他儿子的婚礼。那人我仅仅是认识，平常又没什么交情，这不是逼着我给他凑份子吗！"

"你不去就是了。"陶老大不以为然。

"不行啊，老伴说再怎么也是个面子——这个冤大头我是做定了。"

陶老大突然笑了："这事好办。你用红包包一张假币，既送了人情还赚了一餐。留下那张，下次用。"

中年人一拍脑门儿："我怎么就没想到呢？好，好，一箭双雕。"

看中年人高高兴兴离去，陶老大也很开心，扯开嗓，唱了段京戏。

这年，陶老大的儿子有了难处。儿子逢着一个机会，能争取到一个很有实权的位子。儿子把位子看得比命还重，他有太强的政治抱负。而要争这个位子，就得给上司"表示"。陶老大说："花多少钱？老子出得起。你说，多少？"

儿子摇摇头："要是这样就好了，事情没那么简单。"

"怎么说？"

"这个上司就喜欢一样，收藏，尤其爱收藏古董。"

"这有何难？去文物市场买几件就是。"

"一般文物和仿制品，上司根本不入眼，这方面，他内行得很。"

陶老大也犯愁了："那怎么办？"儿子说："我问你呢，难得住别人还能难得住你吗？"是啊，他陶老大何时作过难呢？

"除了这条路，就没别的法了？"陶老大说。

"没有！"陶老大踱了半天步，也没什么主意。一个大能人，居然也有山穷水尽的时候。

儿子一咬牙："盗墓！"陶老大的脸白了："那是先人留下的东西呀，你疯了！"儿子说："顾不了那么多了。"

陶老大到底妥协了，尽管他反复掂量了这件事的风险，可他还是妥协了。他就这么一个儿子，视如珍宝。他不忍心让儿子受屈。陶老大吸了几支烟，下了决心："这事太危险，咱不能出面。我出钱雇人，成败都是天意了。"

文物拿到了，警察也上门了。陶老大把事情都揽在了自己身上。全城人都知道，大能人栽了。法院审判时，法官让陶老大做最后陈述。陶老大仰天一叹："哎，我是聪明一世，糊涂一时。人再能，也不能丢了良心。报应啊！"

所有的人都看到，陶老大的眼睛里，流下了两行晶亮的泪水。

# 机　密

## ○戴　希

　　杨卉的麻辣火锅店是城里最大的一家。这里每天都是人涌如潮、热气腾腾。虽然城里人嘴刁，却都夸这里的麻辣火锅麻的上劲、辣的味足、香的可人、余味无穷。当然，这里的生意之所以火爆，还有另一个重要原因，那就是价格相当低廉，低廉得你简直不能相信：同样的一个麻辣火锅，别的店子至少要卖 20 元，杨卉的店子却只卖 6 元。别的店子已被无情的市场竞争挤压得血本无归，杨卉的店子却仍在大把大把地赚钱。

　　有些麻辣火锅店的老板不信城里也有天方夜谭式的故事，便悄悄乔装成顾客挤进杨卉的店里吃麻辣火锅。一吃，还真被它的味道和价格所折服，回来，便无怨无悔、义无反顾地关了自己的店子。也有幻想与杨卉抗争甚至挤垮杨卉的老板，暗暗派人去杨卉的店里买回鸡、鸭、鱼等麻辣火锅，认真研究其制作工艺，可就是未取得丝毫进展。雇人干那克格勃的间谍行当，试图窃取杨卉的所有机密吧。杨卉的店子又俨然国家安全部，各种防范措施密不透风，压根儿就无缝可钻，于是只好悻悻作罢。

　　这样一来，起初城里繁星般闪烁的麻辣火锅店，没过多久，其中的绝大多数便无声无息地消失了，只剩下几家大的"寡头"。这几家所以还能勉强维持，是因为，这里爱吃麻辣火锅的人太多，要挤进杨卉的店里开顿洋荤实在不易，杨卉的店子也承载不了那么多的顾客。再者，经过市场竞争的优胜劣汰，剩下的几家味道也很好，只是价格略比杨卉那儿高些。说白了，幸亏老天恩赐！但这几家麻辣火锅店的生意是远远不能与杨卉的店子相比的。

随着麻辣火锅的生意不断看涨，杨卉全家的生活情绪也随之高扬。这天又是杨卉的妈过生日，儿女们自然带上礼金礼品回家庆贺。吃晚饭时，一家人团团圆圆，餐厅里喜气洋洋。

正准备敬酒祝母亲生日快乐，忽然，杨卉的视线被餐桌上热腾腾、香喷喷的鸡、鸭、鱼等麻辣火锅所吸引。她一怔，端酒杯的手陡地在空中停住了。

杨卉惊问麻辣火锅从哪儿买的。母亲告诉她是从马晖那儿。还说父亲60多岁了，体力不支，要做一桌丰盛的晚餐，身体肯定吃不消。买火锅时，父亲还特意品尝过，买回后，我也用心尝了，味很美，价格也不贵嘛。这时，杨卉的脸色就变了，很苍白。她用手捂住胸口，问干嘛不上她的店里去买，既照顾了自家生意，价格又便宜些。母亲并未觉察到杨卉的心情变化，依然得意洋洋地说：是她叮嘱父亲这样做的。又提醒杨卉说：你那儿的麻辣火锅都是用死鱼、死鹅、瘟鸡、瘟猪等制作的，你公公、婆婆、叔子、姑子等家人班子组成的后勤小组，每天去乡下忙不迭地走村串户，捡些死后被人扔弃在路旁或廉价收购的发瘟的家禽，让你制作麻辣火锅。你那里生意所以火爆，重在原材料没有或几乎没有成本，所以，你可以把价格压得特低，别人怎么也竞争不过你呀！你咬过我的耳朵，叫我千万不可泄露天机的，难道你忘了吗？"怎么会忘?"杨卉叹息道，"只是……""只是什么呀?"母亲追问。"只是，马晖的麻辣火锅也全是从我那儿批发来的！""……干嘛这样呢?"母亲不解地问。"赚钱!"杨卉斩钉截铁地回答，"赚那些没法挤进我的店里吃麻辣火锅的顾客们的钱！当然，马晖也赚，只是，他赚的是小钱，我赚的才是大钱呀！""那么，城里其他几家麻辣火锅店又怎样?"母亲进一步追问。"和马晖一样，都是我店的中转站!"杨卉不再掩盖事实真相。

全家人一听都惊呆了，一个个面面相觑。

# 女武生

○梅　寒

红颜长得俊，命却不济，因家穷 9 岁就被送到乡里一户人家做了童养媳。

童养媳在婆家本就是个受气的主儿，红颜的婆婆又非同一般的恶。缺吃少穿，挨打受骂，在红颜便成了家常便饭。

那时节，每年春秋两季，乡里都来戏班子。每有戏班子来，红颜就像着了磨。婆婆不让看，她便找种种借口溜出去。哪怕回来挨顿打，只要看上戏，红颜的心里便是甜的。

一般小女孩看戏，都喜欢看那些穿红着绿的花旦，彩衫。那些小姐，娘子，咿咿呀呀，扭扭捏捏，在台上飘来转去，常惹得那些活泼俏皮的女孩子在戏散场后装模作样的学。红颜不喜欢那些。她喜欢武生。喜欢《长坂坡》里的赵云，披盔戴甲，足蹬厚底靴，身后五彩靠旗飘飘洒洒，手里拿一柄红缨长枪，那叫一个好看；也喜欢那些有关武松的戏，戏里的武松穿短衣裤，用短武器，打起来从不拖泥带水，看起来那叫干净利落。

红颜看戏，也偷偷在私底下学戏。十一二岁的小丫头，站在戏台底下，将台上演员四功五法努力往小脑瓜子里塞，回头找一个无人的旷野，一根野柴棍当兵器，天为席，地为幕，嘿嘿哈哈，呀呀哇哇，好一个英姿飒爽的小武生也。

红颜揣着自己悄悄学来的本事，去找戏班子的班主。她想跟他们学戏，学武生戏。戏班班主一看，小丫头长相好，嗓子亮，又聪明伶俐，身手敏捷，还真是学武生的好料。加之那时戏班子里还没有女武生这一行当，班主几乎没加思索就同意了红颜的请求。

红颜私自去找戏班要去学戏的消息，在婆家却不亚于十几级的台风刮起。公婆气得要死，急急召来家中族人，要跟戏班打官司。戏班一看麻烦大了，只得忍痛割爱，把红颜给辞了。

红颜却再也没心思在待婆婆家，她找个机会溜了。一边讨饭一边继续寻找戏班子。

红颜到底还是做了一名她喜欢的女武生。

18岁时，红颜已是梨园舞台上远近闻名的女武生。她的武生戏，刚中带柔，柔中见刚，文武相济，较一般男武生的戏更多几分飘逸精彩。俗话说人怕出名猪怕壮，尤其像红颜这样的女戏子。很快，红颜就被一土财主相中，三番五次找人前去，欲娶红颜为小妾。

才脱狼窝，岂可再入虎口！红颜的回答，让前去的人恼羞成怒。

求亲不成，便想法强娶。有一次，戏刚开场，红颜才掀开门帘站到台上还没来得及亮个相，一边胡琴的过门儿已拉起来了。红颜心下一慌，一时就把背得滚瓜烂熟的台词给忘记了。这时，就听台下有人高声喊：忘了词，砸她！"噼哩啪啦"，茶碗，果盘，一齐向台上飞上来。红颜左躲右闪，额角还是被飞来的一块瓷片给划破了，殷红的血顺着她的眼角流下来。

是那个财大气粗的土财主干的。见手下人闹得差不多了，他倒背着双手，踱着方步，走上舞台，乜斜着眼走到红颜面前：怎么样？嫁？还是不嫁？

不嫁！若要我嫁你，我立即就死在你面前！说时迟那时快，红颜说这话时，一把寒光闪闪的长剑已架到自己的脖子上。土财主当即吓傻了，他欲强娶，却不想她死。他知道红颜的脾气，她说得到做得到。

那年春天，红颜把自己风风光光的嫁了，嫁给戏班一位叫李麻子的杂役。李麻子小时生天花，好端端一张脸变成了麻坑地，可他懂戏，爱戏。红颜刚进戏班时，因为她曾经的身分。师哥师姐们都瞧不上她，只有李麻子，不声不吭在一边，给她提茶送水，私下里还指点她练武唱戏。

人都说红颜眼光有问题，找了李麻子。红颜每每都回得响亮彻底：我爱李麻子！

红颜已怀有8个多月的身孕，本不应该再上台演出。可那一年，戏班子的生计尤其艰辛，班主找到她，说：全戏班上下下下几十口子人，可就指着你哪，你不上台，戏票卖不出去，你看……

一向好脾气的李麻子，头一次冲班主发了火：你们还有点人性没有?!红颜，你不能上台……

红颜为难地回头，去寻身后那些兄弟姊妹的眼睛。那些素日里对红颜和颜悦色的一张张脸，全都默默地转到一边去，不看红颜。

红颜冲男人深深一拜，跟着班主进了化装间。

那天的戏，红颜扮短打武生，要连打四五十个"旋子"再来几十个"小翻"，这些动作，搁平时，红颜是手到擒来，那天的她，却几乎是拼了命在做。台下观众不晓得内情，看红颜旋转翻腾，喝彩声响成一片。只有台旁的李麻子，心已揪作一团，手上提把茶壶，壶盖碰得壶身丁当乱响，壶里的水洒了一地……

红颜咬着牙把那天的戏唱完。彼时，戏台上已是血迹斑斑……

红颜小产，也从此永远地断送了她做母亲的机会。

红颜和李麻子是在那场戏后，悄然离开戏班子的。

有后来人说，曾在某乡村路旁见到过他们，夫妻二人，摆一茶摊儿，热情招呼路人，满面春风；也有人说，邻县来了一对穷苦的卖艺夫妻，男拉二胡，女唱戏，女的极像红颜……

他们到底去了哪里，却是谁也无从说清。

# 军医的辩证

○非花非雾

军医甲，从部队到地方做过无数个骨科手术，一次次都很成功，被他截了肢或者接了骨的人都很感恩戴德。

随着年龄越来越大，他眼前那双含怨的眼睛便越发清晰，在梦里萦绕，让他难以入眠。

那双眼睛的主人很年轻很聪明，也是一位军医，却是入侵部队的军医，我们叫他军医乙。

那时候军医甲也一样年轻。

那场边界冲突引发的战争打得相当惨烈。入侵国的雇拥军受了统治者的政治蛊惑和利益驱使，越过三道防线，开到受侵国境内。

受侵国被迫自卫，义务兵勇猛无比，疾速歼灭了入侵的敌军。

雇拥军的残兵剩勇在雪山一隅顽抗，与义务兵周旋了三天三夜。弹尽粮绝，只剩下一名军人，那就是军医乙。包围圈缩小到方圆 20 米，义务兵用军医乙的语言大喝："交枪不杀。"

军医乙跪下来，双手平举枪支，举过头顶，垂下脑袋，投降。

一名义务兵跑过来伸手去拿他平举过顶的步枪。军医乙猛然站起，横过枪支，把刺刀穿透毫无防备的义务兵的胸膛。接着以迅雷不及掩耳之势抽出刺刀，捅向紧跟在后面的第二个义务兵，接着是第三个……远处的义务兵愤怒了，一排机枪扫过，齐齐打在军医乙的大腿上。

军医乙倒下了，他没有死，这一次他扔掉了枪支，举起手来，投降。

黑洞洞的枪口包围着他，义务兵们眼含热泪，泪水在雪山阳光下闪着火光，他们要为死去的战友报仇。长官咬着牙命令，为了边界长期稳定，不准杀死俘虏。

军医乙保住了性命。他的双腿却因失血过多，医疗条件有限，必须截肢。

军医乙哭了。他通过翻译苦苦哀求："我的腿骨没断，不要截去我的腿！"

手术是军医甲做的，截肢手术做得很成功。义务军是很人道的，在药品极缺乏的时候，还给军医乙做了全身麻醉。在陷入昏睡状态前，军医乙说："不要截去我的腿。"

手术后，军医甲常常遭遇军医乙含怨的眼睛。他解释："你的伤口感染，必须截肢。"

军医乙总是冷冷地说："我的骨头没断，不用截肢。"

在战俘营的日子，军医乙了解了战争的真相，明白了正义与非正义的界限，他发自内心不愿再战。他很感激受侵国的大度和优待。他学会他们的语言，很快可以和监管他的士兵交谈。但他一见到军医甲便怨怒地叫："我的骨头没断，不用截肢。"

军医甲就反驳："你的伤口感染，必须截肢。"

军医甲知道军医乙是一名技艺精湛的外科医生，可惜他做了军人，在投降的时候，不遵守战争规则，诱杀了三名无辜的义务兵。军医甲说："如果当时我在场，如果我手中有枪，我会取了你的性命，为死去的兄弟报仇，而不是截你双腿。"

军医乙冷冷地说："我知道这是一场非正义战争，我不会参与并且坚决反对再有类似事件发生。但我作为一名军人，在战场上，为我的祖国，战斗到最后一息，这是职责。而你利用做手术之便报复，这是丧失医德。"

守卫的义务兵恨得要一脚踩在他的残腿上，军医甲制止了："在这样的医疗条件下，如果不截肢，你会因伤口感染，得败血症，那样，我就替兄弟报了仇，而失去了医德。"

邻界两国的和平协议达成了。战俘要返回自己的祖国。失去了双腿的军医乙被竖进一只大瓮里，抬上汽车。他含着泪和义务兵们一一握手告别，却投给军医甲怨恨的一瞥。

这场战争之后是几十年的和平友好。军医乙拖着残体，实践着他的不截肢医学理论，他用高超的医术保住了许多必须截肢的人的四肢。

军医甲从雪域边疆转业到地方医院，他的截肢技术也达到国内一流水平，他的截肢术保住了许多人的性命。他的医疗方案却很保守，总是千方百计做保守医治，万不得已时，才做截肢。

一场骇世的大海啸，危及了军医乙国家的居民。军医甲和军医乙意外地在救援队里相遇。他们合作完成了多项手术，在截肢和保守医治上，竟然默契一致。

军医乙没再提起当年该不该截肢，军医甲也没提。救援任务完成时，他们都很疲惫。他们的年龄不小了，都是苍颜白发。军医乙更衰弱。送军医甲乘上归国的飞机，军医乙的眼中溢出两行热泪。

累极了的军医甲在飞机上一闭眼便沉沉入睡了。

军医甲是我老公的姐夫，他专门找到我，告诉我这件事，要我一定写下来。

# 夜　路

○汤吉夫

　　怎么也想不到，这个乡间火车站竟会这样狭小。占地至多一亩半，是从山的一角凿出来的一块平地。简陋如同农舍，就松松垮垮地立在那儿。

　　韩先生所以要在这里下车，是因为假如现在不下，下一站就要到达北京了，单位的车等候在那里，他不愿意坐单位的车回家去。当然他之所以不愿坐单位的车，是因为从呼市开来的列车上有一位单位的女同事，他们在呼和浩特的会议上发生了激烈的争吵，以至到了互揭疮疤、水火不容的地步。说真的，他实在是不愿意跟她坐同一辆车。

　　尽管车站狭小，毕竟甩开了那位利欲熏心的女人，他感到了呼吸的畅快。

　　打听了一下，从狭小的车站到镇子大约有五里地的光景，没有车，只好徒步，而天色又渐渐地黑下来。

　　那个女人实在可恶。韩先生边走边想。他的脚下没有路，他沿着铁轨的内侧，磕磕绊绊地走着。一边是石子和铁轨，另一边则是壁立的岩石。很快他就有了一种被海浪掀动的感觉，心也慢慢忐忑起来。太安静了！在黑咕隆咚的"路"上，他不得不摸着冰凉的石壁，一脚深一脚浅地试探着前行。他似乎听到了一阵追赶来的脚步声，心一下子跳到嗓子眼儿。他不敢怠慢，惶惶然加快了脚步——万一追过来的是个贼，自己可怎么办？

　　但是那脚步声越来越紧密，韩先生已然吓得魂不附体。也许追赶者真的就是绿林中的强人吧？他暗暗地叫苦不迭。

等等……等等我……一种撕裂似的叫声，从韩先生身后响起，他尚在犹疑，那叫声竟带着哭腔接连地传来——是一个女人！据直觉判断，那也许并非强人。韩先生恍恍惚惚地停下脚步，渐渐地听到了那追赶者脚步的慌乱。

他稍作停留，一个黑影猛扑上来。韩先生顾不上思索，就敞开了他的胸怀。两个同样失魂落魄的人瞬时间便相拥在一起了。是韩先生吗？浑身颤抖着的女人惊疑地问。

哦，你是小魏。哦，别怕，别怕。哆哆嗦嗦的韩先生无奈地拍着她的后背说。

出于同样的原因，小魏也选择了在此地下车。从呼市开来的列车上，他们同坐在一节车厢的窘境，使她义无反顾地选择了离开。而现在，鬼使神差地，两个人竟相拥在一条黑暗又崎岖的小道上。

在呼市的会议上是我不好。小魏瑟瑟地抖着说。

不，韩先生说，我也不好，我缺少气度，都是一个所的，一个课题组的，有什么非砍砍杀杀不可的呢？

还是怨我，我鬼迷心窍了。她哭腔哭调地向他表示忏悔，这让韩先生的心一下子酥软了。

身后一列火车隆隆地开过来。强烈的灯光照得人睁不开眼，而天塌地陷般的轰鸣也真能让人灵魂出窍。列车带来的风鼓胀了他们的衣衫，两个受难般的男女，紧紧拥抱着，紧贴在冰凉坚硬的石壁上。

小魏把脸偎在韩先生的胸膛上说，要是没遇上你，我会吓死的。韩先生则把嘴凑近她的耳边，悄悄告诉她：我得好好谢谢你，你来得太及时了，俩人总比一个人更壮胆呀。

在列车驶过以后，他们就这样久久地没有分开。

他们搂抱着、挽着手继续前行，无论谁都深恐失去对方。渐渐地看见镇子上的灯光了，他们也慢慢地从搂抱转为牵手，一直到走到镇子的马路上。

韩先生选择了一家小旅馆。小魏则以避嫌为名，另去了一家有客房的饭店。

次日早晨，韩先生故意晚起，为了错过从北京赶回单位的火车；而小魏天不亮就乘长途巴士走了，她是为了赶在班车之前便直接回到单位里。

# 去南方的路上

○陈永林

高中毕业那年我 20 岁。

20 岁的我不听父母要我复读一年的劝告，执意要去南方打工。那时我已厌倦了学校那种单调乏味的日子，我抗拒不了外面精彩世界的诱惑。

在 1990 年阴历的 10 月 6 日，我上了去县城的班车。

父母还在唠叨个没完，说那些已说过几十遍的话，路上注意安全，学会照顾自己，找不到事早些回家等。那时我极希望车子早些开，可车子就是磨磨蹭蹭的不开，以致我耳朵上的趼又厚了一毫米。我想离开家，与不想听父母的唠叨也有极大的关系。

车子终于开了，母亲的脸上竟有两行泪水。

看着愈来愈模糊的村庄，愈来愈模糊的母亲，我的眼里竟涩涩地发酸。

在去南方的路上，我搭上了一辆货车。货车装了半车南丰橘子。司机对我很热情，一个劲让我吃橘子。我吃两个便不好意思再吃。司机说，别客气，你尽管吃，能吃多少就吃多少。我上车时递给司机的一支烟，他吸完了。我又递上一支，并替他点上火。两包"红塔山"是父亲让我带上的，父亲说有了烟办啥事都方便许多。

司机问我："你去哪?"我说："南方。"司机就笑："南方很大，你到底想去哪个城市?"

我摇摇头："不知道，哪儿有活干，我就去哪儿。"司机说："那你跟着我好了，我保证给你介绍个既轻松又挣钱的工作。"听了司机这话，我心里极高兴，心里也踏实多了，我说："你真是个大好人。"

进入莲花县时，司机说："这地方很乱，总有农民拦车抢东西。"我说："你买这么多橘子干吗？"

"当福利发给单位职工。"

此时，有两个男人站在路中间。司机说："不好，要出事了。"

我说："加油冲过去，他们一定会让路的。"

"轧死了人，麻烦更大。"司机说着，踩了刹。车子一停，从路旁的树林里冲出二十几个挑着谷箩的男女。这些人好像知道车上装的是橘子，要不他们咋都带着谷箩？

那些人爬进了车厢。我大声喊："你们不能抢橘子，你们拦路抢劫要坐牢的。"那些人不听，一个劲装橘子，装满了谷箩就挑走。

一个满脸胡子的男人在指挥："快点，哎，木根，你挑橘子。水水，你装橘子。"我想下去阻止他们，司机拉住我："你不想活了？"

我大声吼道："这一车橘子就白白送给他们？"

司机说："那你说有什么办法？下去阻止，让他们打个半死？"司机深深叹口气，"遇到这事，我们一点办法也没有。"

司机从口袋里掏出一包"芙蓉王"烟，抽出一支，叼在嘴上，吸了："你也来一支吧。"

我摇摇头："不会吸。"

司机的一支烟吸完了，车上的橘子也抢完了。

那个为首的络腮胡把司机叫下车，我要跟着下车，司机说："你待在车上。"司机的口气是不可抗拒、命令式的，我只有待在车上。但我的目光紧紧追随着司机，我担心好心的司机挨揍。

但我的担心是多余的，我看见那个络腮胡从一提包里掏出什么东西给了司机，司机把那东西放进他的小包里。司机下去为什么带着包呢？好像他知道络腮胡要给他什么东西。由于离得远，我没看清络腮胡给了司机什么东西。

司机上车后，对我说："幸好我搭上了你，要不我说橘子被人抢了，单位上的人还不信呢。妈的，满满一车橘子，10000多斤，说没就没了。"

我说："你这半车橘子有10000多斤？绝对没有。装满满的一车才10000斤。"我姐夫是批发橘子的，我寒假跟我姐夫拉过许多次橘子。

司机说："我说有10000多斤就有10000多斤，到时你只要向我领导说满满一车橘子被人抢了就行。"司机说着从口袋里拿出200元给我："我不会亏待你的。"

途中司机小便时，我拉开了司机的那小提包，包里放着一扎钱，钱都是100元钱的一张的，至少有100张。"这时，我明白了，原来一切都是司机设计好的。难怪他热情地要我搭他的便车，目的是为他作证。

后来到了他单位上，我对司机的领导实话实说："他把橘子卖了……"那司机气得狠狠踢了我一脚："你这狗杂种。"

我捂着肚子走出门。

司机跟上来说："你真是个大傻瓜，其实我卖橘子的事，领导早已知道。让你作证，只是为瞒领导的领导。现在我只有另外去找个证人。"

后来，当我找工作碰壁时，当我身边的钱用完了忍饥挨饿躺在立交桥下的水泥地上时，我有点后悔当初对司机的领导说了实话。或许我真是个大傻瓜。

# 青青的果子

## ○徐慧芬

14 岁的青青，去年夏天参加了一次夏令营，去了那座有海的城市回来后，心就常常像海边的风，一阵一阵的不平静。学校传达室门口那块报信的小黑板，开始让青青流连忘返，而上课时，她的心也像一只放飞的白鸽，常常飞向那个城市了。

这天第二节课后，将从传达室回来，将信紧紧地揣在怀里，然后直奔校园小树林僻静处，展开信，紧张地看起来。

直到中午吃饭时，她才发现兜里的信遗失了！她失神落魄地在校园里绕了一圈，哪里有信的影子呢？她是羞怯而内向的，心中的秘密不想让任何人知道，包括要好的女伴。

她忐忑不安地走进了教室，一进门，教室里几乎所有同学的目光都朝向了她，有人还嘻嘻哈哈地朝她笑着⋯⋯

一个女生在她耳边轻轻地告诉了她：她的一封信被班上最调皮的一个男生捡到后，还在班上当着大家朗读了一遍，现在这封信已被人交到了班主任手里⋯⋯

仿佛一声炸雷，青青的脸一下子煞白！

上课铃响，班主任进了教室。这是节德育课，上了大半节课，讲了点什么，青青一句都没有印进脑子。

可是，现在，老师好像在念什么。几句话终于钻进了青青的耳朵。

"自从分别后，我常常想念你，也常常盼望你的来信，有时身在教室，心却在你那儿，上星期老师让我回答问题，我答非所问，还被同学笑了好一会儿……"

青青终于明白了，脑子"轰"的一下子响了起来，她努力使自己镇定，继续听下去。

老师在继续讲。

"这是好多年前一个 16 岁的初三男生写给一个 15 岁的初二女生的信。男生和女生是两个学校的学生，因为参加了校外活动，他们认识了，有了好感。这之后，男生就常常给女生写信，女生也常常想念这个男孩。他们的早恋影响了学习。有一天这封已启开过的信，落到了女孩班主任的手里。放学后，那位女班主任把女孩叫到了自己的宿舍里。女孩一向是班干部，现在见老师摸出信，吓得脸都变色了。而老师却没事似的把信还给了她，和蔼地让她坐下，然后把桌上一个熟透了的桃子，剥掉皮后递给女孩请她吃。吃完桃子，老师随手在纸上画了一棵桃树，桃树上结满了大大小小的果实，老师又很仔细地涂上了颜色。老师指着画上几个青色的小毛桃说，这些青青的小毛桃虽然可爱，但是没有熟，没有熟的果实就不会是甜的，而早恋呢，就像这些小毛桃……"

班上鸦雀无声，老师的故事还在讲下去。

"后来那个女生在老师的启发下，醒悟过来，主动与那个男生终止了早恋关系，把精力都放在了学习上。后来女孩渐渐长大，读了高中，又考上了大学，再以后，她有了情投意合的恋人之后成了家，做了母亲，当她女儿十四五岁时，她把自己的故事告诉了女儿。现在这个早已做了母亲的人，她就站在你们面前……"

几十双眼睛一下子睁大，不约而同发出了欢叫：老师?!

"对，正是我，你们看，老师也是这么过来的。人的成长，如同种子入土、发芽、开花、结果，青春期的情感萌发，也是人成长的一种过程。

所以我还要说，爱与被爱，是人的一种权利，我们没有理由嘲笑青春时最纯真的感情，但是我们要懂得，青涩的果子是不可以随随便便采摘的，而待到成熟时品尝，它的甜美，往往可以滋养人的一生。"

声音停止了。蓦然，掌声响彻空间。

# 向公民致敬

○艾 苓

常坐公交车，想说的事还真不少。

有位司机很善讲，边开车边聊天，我上车他就在聊，我下车他还聊呢。在某个车流量不大的午后，我坐着他的车行驶8分钟，驶过八条街道，他从车价聊到菜价。下车的时候，我特意看了车牌号，看了也就看了，没拨举报电话。城市小的好处就是很少拥堵，车不多司机才随意，虽说他太过随意，这不没出事吗？

几个月后，也是车流量不大的午后，这位司机的车我又坐了一次。我没看他长什么样，但声音还是那个声音。我上车他就在聊，我下车他还在聊，这次聊的是孩子，补课还是不补课，似乎很纠结。我本想主张自己的权利，警告他一次，可左看右看，大家都泰然处之，脸冲窗外各看各的风景。比我早上车的有，比我晚下车的也有，我犯得着破坏满车的和谐吗？下车的时候，车牌号我都不看了。

小人物才坐公交车，小人物大都好脾气，小人物的好脾气，都这么练的吧？

前几天坐公交车，也是一个午后，停车的工夫司机点着了烟，他一边开车一边抽上了。

一位老人大声问司机："我看车上写着'请勿吸烟'，是光要求乘客的吧？"

司机语气暧昧："哪能光要求乘客呢？"

老人不急不恼："出租车司机如果开车抽烟，乘客都有权拒乘，何况是公交车，这都是有规定的。你如果再抽烟，我马上下车，我要投诉你。"

司机把抽了一半的烟扔出窗外，笑呵呵地说："我不抽了，您可别下车。"

两站地后老人下车，司机特意冲他摆手说："欢迎您下次还坐我的车，我肯定不抽烟。"

我怀着敬意目送老人远去。我无法知道他姓甚名谁，但我知道他有一个别名：公民。我也有这样一个别名，可惜我常常忘记。

# 打人不对

## ○宗利华

一开始，我扮演了一个旁观者的角色。我在观察父亲如何收场。四周岁的儿子一航开始运用智慧同他爷爷对抗。一航说，我就是不去！他说不去的地方，是幼儿园。

父亲眉毛一拧，为啥不去？

因为，儿子持续着他的坚决，我不想去！

这是理由吗？

我的理由就是，不想去，我已经说过了。

这样的对话持续半个多小时。我发现，父亲逐渐对他的孙子束手无策。

父亲一直是家里的权威。从记事起，我就意识到，母亲对他从来都是言听计从。母亲声音本来就小，在父亲跟前更像一只蚊子。总是听到父亲吆喝，孝他娘，给我倒洗脚水来！孝是我的小名儿。于是，母亲不做声，悄悄过去，肩上搭着毛巾，左手提着暖瓶，右手抄着空脸盆，蹲下身来，先倒热水，再加凉水，加罢了，还问，他爹，你试试？有时，父亲会拿着一张旧报纸，一边看一边虚张声势地喊，想烫死我？母亲就笑。母亲说，再喊，再喊我不伺候你了。但下次，依旧是这么一个过程。至于我们，我，以及两个姐姐，一个弟弟，则整天生活在父亲呵斥之下。我和弟弟的屁股是没少挨过巴掌的。而且，那力度很大。啪！五道红印。

此时，我坐山观虎斗。我认为父亲无论如何不可能对一航下手。毕竟，那是他孙子。孙子是爷爷能打的吗？

但很快我从父亲的眼神中感觉到我分析错了。我瞅见父亲右手五根手指像小鸟翅膀一样忽闪了一下。这个暗示性动作，我刻骨铭心。以至于现在我给父亲委婉地提建议时，还一直端详着他的手指。

父亲的右手迅速扬起来，切断了我的视线。我下意识地闭上眼睛。一声脆响，把我的心脏揪起，又摔到地上。还没睁开眼，就听到父亲的呵斥，你去不去？

小家伙显然低估了爷爷的实力。泪珠在他眼眶里打了两个来回，终于掉出来。我顺着一个轻微的喘息声一扭头，妻子站在门口，咬起下嘴唇来。

一航乖乖地跟着我和妻子走向幼儿园。

路上，妻子说，他，他爷爷怎么真打孩子啊？

我勾着头，一脚把一块小石子踢得老远。

又走了100米左右，妻子开始教儿子，爷爷要是再对你动手，你就跟他讲，打人不对，是犯法的，违反《治安管理处罚条例》。我无话。

后来，我仔细琢磨一下，妻子这番话，并没沿着预期轨道起作用。一航显然因这番话而不去反思他的错误。相反，我发现小家伙急于试验这武器的心情太迫切。他开始蓄意挑起与爷爷的战争。果然，仅过三天，爷孙俩冲突又起。

我依然冷眼观瞧，并随时准备着冲去把儿子抢走。我心想，不能再在儿子屁股上看到红手印了。就在老头子手指忽闪一下后，儿子口齿伶俐地复述了他妈妈教的话。

父亲的手指没再动。

我慢慢地沿着那条路线往上看。父亲的手臂有点哆嗦。父亲的胡子抖嗦起来。父亲眼睛里那团霸道的火焰逐渐消失。

那一瞬，我居然感到莫名其妙的兴奋。我终于明白，向父亲挑战的想法，或者反抗的意识，已在我心底埋藏近 30 年。现在，我儿子把这想法变成了现实。

儿子锲而不舍，追加一句，你凭什么打我？

我的兴奋仅是昙花一现。儿子的话显然给了父亲沉重的打击。父亲转身时，我看到他的腰在短短数秒内弯成一张弓。父亲踉跄着走向他的卧室。在门口，身子一晃，撞到门框上。

我把目光移回来，去看儿子。儿子脸上的笑，表明他对这结果还算满意。妻子此时举着遥控器，对着电视，一口气摁了八九个频道。她还长长地舒了口气。

我父亲，一航的爷爷躺在床上，一连三天都没出来。第四天，当医生的徐伯从屋里走出来，对着我和弟弟吼，还不赶紧送医院？

事情的严重性就一下子升级。

我和弟弟手忙脚乱抬父亲去看病。父亲一语不发，或者，根本说不出话来。我扶他胳膊的时候，父亲挪过另一只手，攒了攒力气把我的手拨拉到一边。父亲以这个动作表示他对我的怨恨，或者，失望。我不敢再去扶他。于是，默默地跟在后面。

一切安排停当。空荡荡的病房走廊内，我和母亲对视良久。有风吹来，母亲鬓角的一绺白发摆好了飞舞的姿态。最后，母亲说，孝啊，一航是小孩子，不懂事，难道你也不懂事？

这句话陪伴我整整一路。推开门的时候，一辆电动小汽车直冲我奔来。一航站在沙发后面，举着遥控器，一边摁，一边呵呵大笑。我站在门口。好半天，才说，一航，你过来！

于是，我的儿子走近我。他站到我的面前，停住，举着头，脸上的笑容慢慢地消失了。然后，怯怯地叫了一声，爸爸……

我的右手五根手指悄然动了一下……

# 伸到窗外的镜子

○孙道荣

他感到自己走到了绝境。好不容易找到的工作又丢了，老婆有病，儿子的学习让人操碎心……他觉得人生所有的不幸都被他遇上了。

每天，他都将自己反锁在卧室里。他越来越害怕出门，不愿意看到熟悉的面孔，而大街上的热闹景象更是让他心烦意乱，为什么别人看起来都那么顺利，那么幸福，唯独自己要遭受一个又一个打击呢？

可是，待在屋里，也让他烦躁不安。天还没亮，几个老头老太就在楼下做操，烦人！收破烂的高音喇叭，扯着各种各样尖利的方言，烦人！飞过窗前的鸟，喋喋不休地鸣叫，烦人！最烦人的是，每天，对面四楼的窗口，都会伸出一面镜子，在那儿乱照，有时将刺眼的阳光反射进他家，吓他一跳。

他走到窗前，想看看到底是哪个没教养的小家伙在捣蛋。对面的楼相距有点远，看不清。他找来儿子的望远镜，这回看清楚了，是面小镜子，可是，奇怪，没有人！再细看，原来镜子是绑在一根竹竿上，随着竹竿的晃动，镜子在缓慢地转动。突然，镜子停住了，悬在半空中。他将焦距对准镜子，模模糊糊看到，一些人影在镜子里晃动……

他被激怒了。这个变态狂，是在窥视啊！

忍无可忍，他决定去教训教训这个可恶的家伙。

他找到对面四楼，拍打门，破旧的房门发出震耳的响声。半晌，门打开了，探出一个白发苍苍的脑袋。老太太颤巍巍问他，找谁啊？

他一下子愣住了，没想到，房子里会住着这么一大把岁数的老太太。你家里，还有什么人啊？

还有个儿子，在屋里，你是找他的啊？老太太高兴地将他让进了屋。

房间里阴暗，潮湿，散发着一股药物和霉味混合的怪味。他随着老太太走进里屋。一眼，他就看见了那面镜子，还高高地竖在那儿。竹竿下面是一张床，床上躺着一个人，那个人的手握着竹竿。

他走过去，一把准备扯下镜子。

他的手突然僵在了空中。

他看见了一张灰暗的扭曲的脸，眼睛大得出奇，深深地凹陷在发黑的眼眶中。浑浊的眼睛，空洞，麻木，无助。

他惊呆了。转身看着老太太，不知道说什么。

老太太告诉他，这就是她儿子，这个世界上她唯一的亲人了。儿子命苦啊，15年前，打小就体弱多病的聋哑儿子突然完全瘫痪了，从此就躺在了这张床上。自己年龄大了，搬不动他了，也无法让他出去晒晒太阳。这不，怕他太孤单，前几天我就想了这个笨法子，将镜子绑在竹竿上，这样，他自己就能用镜子照照外面，给眼睛放放风。你瞧，下午的辰光，还能用镜子反射点阳光进来呢……

他搬进这个小区已经几年了，从来没有注意到就在自己隔壁的楼房里，还住着这么一对孤苦的母子。

他低着头默默走了出来，扑面而来的阳光，一下子刺得他睁不开眼睛。他的眼里噙着泪花。

他没有回家，径直向热闹的市中心走去。他要去重新寻找一份工作，他要从阴影里走出来，他要……

他不经意抬头看了看，四楼的那面镜子，在阳光下发出耀眼的光芒。

# 心　锁

## ○侯发山

　　刘师傅因当年小儿麻痹留下了后遗症，走起路来不利索，一瘸一拐的，找不到别的吃饭门路，就在街口那儿摆了个修锁的摊子。随着岁月的流逝，修锁无数的他练就了一手高超的技艺，只要是锁，没有他打不开的，被人誉为"锁王"。因此，他在当地成了不大不小的名人，可以说是家喻户晓妇孺皆知，就连当地的公安部门也和他常来常往，一旦有案件上需要开锁的事儿，便请他去解决问题。刘师傅因有了这手绝活儿，被人敬重不说，吃香的喝辣的，日子十分滋润。

　　为了学到刘师傅的绝技，就有不少人动了心思，有的采取金钱开路，有的利用美色诱惑，有的进行威逼要挟……但他都一一拒绝了。时间久了，大家都知道他的这个古怪脾气，也就没人自讨没趣拜他为师了。但是，这并不影响刘师傅的声誉。他心地善良，乐善好施，若你修锁一时没钱，只管走人就是，他从不开口讨要，等你下次来一并付时，他却早把这事给忘了，淡淡地说有这碴事儿吗？若是听到谁家有了难事，就让人捎去30元50元的。后来，他的年纪渐长，身体也一天不如一天，大家都劝他物色个徒弟：左邻右舍怕丢了钥匙进不了家门；当地的公安部门怕他的绝技失传影响案件的进展……刘师傅便动了心思，心说他这手技术还真不能后继无人，要不然会给大伙带来多少麻烦多少不便啊？于是，他经过层层筛选，初步物色了两个年轻人，一个叫大张，一个叫小李。

这是多少人梦寐以求的好事啊！因此两个年轻人乐得屁颠屁颠的，每天围着刘师傅嘘长问短，跟敬佛似的。一段时间过后，大张和小李都学到了不少东西，配个钥匙修个锁的都不成问题，但他们学的也只是皮毛，还没有得到刘师傅的真传。刘师傅呢，有他的想法，认为他的绝技只能单传，也就是说只能传给其中的一个人。大张聪明伶俐，为人热情豪爽；小李木讷老实，心地善良……两个徒弟各有千秋不分伯仲，传给哪个好呢？刘师傅为难之余，决定对他们两个进行一次测试，谁的表现好就把真经传给谁。就这样，刘师傅弄来了两个保险柜，分别放在两个房间内，然后让大张和小李去打开。

大张用了不到 10 分钟就把保险柜打开了，在场的人都为他高超的技术叫好。大张自以为胜券在握，也就掩饰不住一脸的得意。小李用了 15 分钟才把保险柜打开，技术明显不如大张。小李羞着脸看了刘师傅一眼，但刘师傅并没责怪他。在场的人也都一致认为，刘师傅要淘汰的将是小李。从另一方面讲，大张是个下岗职工，妻子常年有病，日子说不出的艰难，相比之下，小李的家庭条件要优越得多。

刘师傅平静地问大张，说你打开的保险柜里都有什么？

大张喜形于色，悄声说，师傅，保险柜里有一沓百元的钞票，一个金戒指，一块手表，一挂项链。

刘师傅转身问小李，说说你打开的保险柜里都有什么？

小李的鼻尖上渗出了汗珠，笨嘴拙舌地说，师傅，我没看保险柜里都有什么，您只让我打开锁。

刘师傅赞许地对小李点了点头，说好，好，好！然后，刘师傅郑重地当场宣布，小李正式成为他的接班人。众人大惑不解，议论纷纷。大张也表示不服气，忍不住说凭什么呀？难道小李的手艺比我好？刘师傅没有说别的，而是拍了拍大张的肩膀，说凭你的手艺和聪明，回去开个修锁的铺子还是饿不死的。大张心犹不甘，那样子似乎非让师傅解释清楚他输给小李的缘由。刘师傅叹了口气，遗憾地说，因为你打开了两把锁。大张愣愣不解，说师傅你冤枉我，我刚才只打开了一把锁啊？在场的人也都随声附和，说是啊，大张并没做错什么啊，刘师傅是不是糊涂了？刘师傅微微一笑，说我虽然老了，但心不糊涂。说罢他转向大张，语重心长地说孩子，干我们这一行的，必须做到心中只有锁而没有其他东西，心中还必须有一把不能打开的锁，那就是欲望！

在场的人恍然大悟。大张的脸倏地红了。

# 过 去

## ○刘国芳

女孩的父母要离婚，女孩当然不希望父母离婚。有一天女孩坐在母亲跟前，像个小大人一样，很认真地问母亲："妈妈要跟爸爸离婚吗?"

母亲说："我跟你爸爸过不下去了。"

女孩说："为什么过不下去呢?"

母亲说："这是大人的事，你不要过问。"

女孩接着说："你要和爸爸离婚，我就离开你，我不做你的女儿了。"

这句话母亲不会听不明白，母亲一下子哽咽起来，母亲说："我不离婚你总不会离开妈妈吧?"

女孩就笑了，女孩依偎在母亲怀里，女孩说："不会，女儿永远是妈妈的女儿。"

女孩的母亲没有骗女儿，她没再提离婚。

但没离婚，不说明他们的感情好，女孩的父亲母亲总是吵。女孩开始还会说："你们不要吵了，不要吵了……"起先，还有一些效果。后来，就不管用了，女孩根本管不住他们吵。女孩这时候只好躲在自己房里，关着门，把他们的吵闹关在门外。

但父母的吵闹是关不住的。一天，女孩在房里听到"嘭——"的一声响。女孩开门一看，看见母亲扔了一只水瓶，母亲大喊大叫着说："我忍无可忍了，我真的忍无可忍，我们离吧，离了大家就轻松了。"女孩的父亲也扔了一只水瓶，也大喊大叫着说："我才忍无可忍，我才是忍无可忍。离吧，早离早好。"

但说是这么说，他们依然没离，虽然都是忍无可忍，但还是忍了。

只有女孩知道这是为什么。是因为自己，父母才忍了下来。

好多年，女孩的父母都这样吵着闹着甚至打着。而女孩，则在他们的吵闹中长大了。长大的女孩有一天也结婚了。

但女孩和丈夫的感情并不好，结婚没多久就开始吵。后来也扔东西甚至打架。有一天女孩忍无可忍，便大喊大叫着说："我忍无可忍了，我要跟你离婚。"男人也说："我才是忍无可忍，我们这就离。"

女孩的母亲得知女孩要离婚，过来劝女孩。母亲坐在女孩跟前，很认真地看着女孩说："你们要离婚吗？"

女孩说："要离。"

母亲说："为什么你要离婚呢？"

女孩说："我无法跟他过下去。"

母亲说："为什么过不下去呢？"

女孩说："这是我们之间的事，你不要过问。"

母亲说："可我还是要过问，你们能不能不离？"

女孩说："不能。一定要离，我一天都受不了了，多一天都是一种煎熬。"

女孩这样说，做母亲的再不做声了。

很快，女孩就离了。

离了，女孩就解脱了，轻松了。这时候女孩想起了过去，有些不寒而栗。女孩忽然想到母亲却这样生活了一辈子。看着苍老的母亲，女孩忽然觉得以前阻止母亲离婚是一件很残酷的事情，女孩觉得很对不起自己的母亲。有一天，女孩又坐在母亲跟前，女孩看着母亲，很认真地说："妈妈，我觉得对不起你，你年轻时，因为我阻止你离婚，让你在没有爱情的婚姻中煎熬了一辈子。"

一提到这事，母亲就流泪了，母亲说："还提它做什么呢，都过去了。"

女孩也潸然泪下。

# 有思想的老师

## ○ 邱 成 立

县一高的冯老师是一个很有思想的老师。说他有思想，并不是说他是一个思想家，而是因为他爱读书，而且善于把书中的思想、观点和方法用到自己的教学中去。所以，他的很多想法都是和别人不一样的。而且，他教出来的学生也特别懂事，特别好学，看起来也是很有思想的样子。

因为冯老师在教学上很有一套，学校领导就常常把最难带的班级、最难管的学生交给冯老师。冯老师呢，也总是乐于接受。一年、两年或三年之后，你再来看看吧，那些最难带的班级、最难管的学生全都变了模样，好像在冯老师的手中脱胎换骨了一般，重新做人了一般。

时间久了，冯老师就成了县一高的一个神话。

有一个年轻的老师，不知道冯老师采用了什么特别的手段，就去向冯老师请教。冯老师却是笑而不答，只是劝年轻的老师多看一些书，然后开列出一长串一长串的书目来，向年轻的老师推荐：这个应该读一读，那个也应该读一读。读的时候要用心，不要走马观花。等等，等等。

年轻的老师一看就泄了气，这些书都是以前在学校时就读过的，有些还是大学时必须要考试的科目。整天读整天背，早就读烦了，背厌了，一毕业就扔到爪哇国去了，想着以后再也不用与这些破书打交道了。怎么冯老师还让自己读这些书呢？

冯老师看年轻老师一脸不屑的样子，也就不再说什么了，意味深长地对年轻老师笑一笑，就做自己的事情去了。

年轻的老师没有全听冯老师的话，也没有不听冯老师的话。他把冯老师列的书单认真整理了一下，把那些以前读过的书先放一边去，把没读过的书找了来，认真地读了，确实很有启发。特别是那本美国盲聋女作家、教育家海伦·凯勒写的《假如只有三天光明》，年轻人读了之后深受启发。

年轻的老师不但自己认真地读完了这本书，还把这本书完完整整地讲给了自己的学生听。给学生读这本书，年轻的老师用了好几节课的时间。我们都知道，高中的时间是很紧的，每天都要做十几张卷子，每节课也要做很多功课。可是，年轻的老师还是花了好几节课的时间，一份卷子也不做，一道习题也不讲，就是读书，读《假如只有三天光明》。

年轻的老师对学生说："时间有时像尘土，需要打发掉；有时确实比金银财宝还要珍贵。但它又和流光一样，抓也抓不住。要是人把活着的每一天都看做是生命中的最后一天该有多好啊，那就更能显示出生命的价值……"

年轻的老师还说："事情往往就是这样，一件东西只有失去之后，我们才会留恋它……"

年轻的老师说完，就开始上课了，该怎么上就怎么上。既没有让学生写读后感，也没有让学生写决心书，这让学生们感到很奇怪。但是，年轻的老师发现，学生的心里已经发生了变化，是那种可喜的变化，是年轻老师希望发生的变化。这些变化，学生自己其实并不知道，年轻的老师是从他们的眼睛里看出来的。

又过了一段时间，年轻的老师又找了一些书读给孩子们听。这些书，有的是冯老师的书单里列出来的，有的是自己从书店里买来的。

又过了一段时间，年轻的老师做出了一个决定：从今往后，每天抽出两节自习课给学生读书听。在这两节课上，学生什么也不用做，只要用心听就行了。年轻的老师总是这样开始："同学们，请听我读……"

虽然，读书占用了学生不少宝贵的时间，虽然，年轻的老师从来不要求学生写读后感和决心书。但是，学生的日记和作文中，时不时就会跳出一些闪光的火花，表现出很有思想的样子。当然，年轻老师所教的班级，考试成绩也从来没有落后过。

若干年后，年轻的老师也成了县一高的一个神话。

他和冯老师被称为县一高的"二冯"。

年轻的老师也姓冯。

有人问年轻的冯老师："怎样才能做一个有思想的老师，教出一群有思想的学生呢?"

年轻的冯老师说："请记住这七个字：'同学们，请听我读。'"

"就这么简单吗?"

"就这么简单!"

# 小时候

○周　波

　　我一直在翻一本叫《小时候》的书，作者是桑格格。那本书感动了我，因为很多童年的境遇是相似的。

　　每个人都有小时候的故事。接下来的文字同样有关小时候的事，来自于一个孩子的几本日记，以及这个孩子的爸妈零碎的回忆。那个孩子就是我自己。

　　现在开始我小时候的故事吧。

　　1. 我两岁的时候口头禅是：我小时候……

　　2. 每次接送我上幼儿园的是妈妈，有一回，我甩过头来冲着妈妈说：您是我的真妈妈！妈妈笑着问：爸爸是假的吗？我撇了撇嘴说：爸爸是国家的。

　　3. 去上海，头一回穿着锃亮的皮鞋上街，显得趾高气扬。亲戚们簇拥着我，骄傲地用手指着一幢高楼说：那是中国最高的楼房——国际大厦。我大摇大摆地走了进去，不久发现迷失在大厅里。当我号哭着找不到妈妈时，发现妈妈在门外正呼天抢地和保安吵着要儿子。我妈后来说，保安嫌他们土气不让进来。我开心地说：如此说来，我洋气得很。

　　4. 我妈信佛教，吃荤菜的日子不多。有一天，我大声向全家宣布：我今天吃荤！我妈随手给了我一巴掌，说：你什么时候吃素了？我摸着生疼的脸想：我好像也没说错吧。

5. 去看了一个画展，大人们都说好。我一肚子郁闷，这有啥好看的呢？绝对比不了上回跟着爸爸去澡堂有趣，那印象很深刻哟。

6. 我无意间听奶奶说，在生我之前，爸妈并不想要孩子。我问妈妈：我怎么又来了呢？妈妈说：这是个意外。我又问：我干啥来的呢？妈妈说：要问你自己呀！我怎么知道。我冥思苦想了半年，在春天到来之际，我突然对妈妈说：我是来看油菜花的！我是来捉蜻蜓的！我是来牵妈妈手的！妈妈差点晕倒，说：到了夏天，你又会改口说来吃冰淇淋的。

7. 去旅游，出门要坐船，风浪很大。我以惊人的毅力坚持没有吐，问我妈：妈妈！还有好远？我妈正在瞌睡，不耐烦地说：还早得很！"哇"的一声我就吐了。其实如果我妈说：快到了，即便是还早得很，我也能坚持到底。

8. 夏天，在寄宿学校，下了一场雨，我想起妈妈说，自己要知冷知热，就把棉袄翻出来穿上了。

9. 难得去了一家餐馆，爸爸拿着菜单说：想吃什么？我说：随便。爸爸笑着说：这里什么好吃的都有，就是没有随便。我说：那就点大龙虾吧。

10. 隔壁的叔叔整天窝在家里不上班。叔叔你不用上班吗？我问。叔叔一周只上两天班，其余的时间写东西。叔叔说。怎么有这么好的单位，要是读书也是一周上两天课就好了。

11. 我不小心摔倒了，扭了脚，旷课了几天。爸爸从医院里拿来很多避孕套，像气球一样吹大了挂在我床头上。每次有外人进来就能听见笑声。我气急了，我得病了居然还能笑得出口，一群弱智的大人。

12. 我画画不好，有一回，老师在课堂里要我们画房子。我来劲了，房子画好后又添了一条小路。老师把我叫过去责问：谁叫你画小路了？我回家把挨批的事作了专题汇报。第二天，爸爸冲进学校，不客气对图画老师说：你怎么来学校上课的？难道是飞过来的？那天，我觉得爸爸异常高大。

13. 语文课上，老师提问：《暴风骤雨》的作者是谁？有同学举手答：周波。教室里轰堂大笑。语文老师说：周波如果能成为作家，我就从窗口跳出去。我咬着牙想：走着瞧，总有一天您老人家得跳出去。若干年后，我的小小说作品连续进入福建、江苏、广西等省、自治区中考试卷。我却突然改变了想法：老师，谢谢您！全是您不负责任的一句话，才有了学生的今天。跳窗口的差使还是由我来干吧。

14. 我做过的一次最成功的买卖发生在小学六年级，我在一颗新鲜剥出来的糖果里，发现一只蚂蚁睡卧其中。在一场巨大的幸福中，我和爸爸一起把那颗糖果寄给了生产厂家。很快，糖果厂邮来了一只包裹，里面塞满了各种各样的糖果，还附着一封道歉信。爸爸说：既然认错了，就放人家一马吧。我欣然接受。很多年过去了，我还一直把糖果与蚂蚁紧紧想象在一起。我还能见到糖果里的蚂蚁吗？

15. 我不敢过吊桥，偏偏岛上挂着吊桥。一大帮同学去春游，老师们走了一大段路才发现我丢了。于是，急着返回找。我听见有位女教师在对岸惊呼：找到了，在桥上爬呢，飞夺泸定桥啊！

16. 学校里禁吃零食，可我又喜欢吃甜食。好多次，把动物饼干带到被窝里，打着手电筒，好好欣赏一番再逐一品尝。我肯定从动物的尾巴吃起，先吃脑壳它会痛。很多事，于心不忍呢。

17. 我有个解放前参加地下党的伯伯，每年除夕的团圆饭前，会叫三对女儿女婿一个个站起来向党和人民表衷心。我见过一回那场面，真是感天动地。有一回，我在家里看《新闻联播》，也很庄重地佩戴好红领巾，嘴里还念念有词。

18. 有个女同学突然在众目睽睽下拉着拉杆箱进学校。我问：怎么想到用拉杆箱做书包的。她说：你不觉得书包太重了吗？我竖起大拇指夸她：爱迪生要是还活着，也会拜你为师的。

19. 每次和同学出去玩，妈妈都会问：几点回来呀？我答：七、八、九点吧！妈妈又问：到底几点呢？我只好又答：到底也是七、八、九点呀！

20．我不喜欢住楼房，我在一篇作文中这样讲述自己的理由：从楼里看出去，什么都是没头没脚的，比如看树只看到树梢，看雨只看到当中一截。

21．中考的时候，学校里偷偷分发"状元糕"，数量有限，成绩好的同学都分到了。有个绰号叫平头的同学成绩平平没分到，一气之下发奋学习，最后以全校第一名成绩考入全市重点中学。

22．县里要建青少年宫，让中小学生都来捐款，每人5毛！随便咋样都赖不脱，我只有交了。后来，青少年宫建好了，我被拦在门外。门卫说进去收费2元，我生气地说：没我出力，这青少年宫能建成吗？看！起码有根铁栏杆是用我的钱买的！这根！或者那根！

23．每年春节是存压岁钱的时候，我经常一个人默默数着：差99元又是100！

小时候的故事都很有趣，当然，今天只记录小时候的一小部分。现在，我发现，我距离那个时候是越来越近了。

# 清白如水

○赵文辉

古山西出清官，寇准、刘墉、于成龙……给后人留下几多美谈。却说清朝雍正年间，平遥县出一举人，姓张名菊人，后钦点到河南辉州任知县。在任期间，清正如水，俸禄尽皆周济穷人和学子。妻儿在山西种地，秋麦两季，都要托盐贩把磨好的麦谷捎到辉州来，张菊人不食辉州粮，只饮辉州几瓢水，人称张白水。

雍正八年，张菊人任满，朝廷升他到广西任知府。张菊人年事已高，恋家之心顿生，未去赴任。卸任后的张菊人两手空空，连回家的路费也没攒着。县里几个大户听说后给他凑了 300 两银子，恭恭敬敬送来。张菊人连连摆手，说："民财岂可贪！"说了半天，就是不收。一大户急了，兜着银子到一口井边，对张菊人说："老爷再推辞，我把银子全倒井里去！"张菊人吃了一惊，叹口气，权且收下。可是才隔一天，就悉数送给了县里几个大儒，儒子们早就想为全县学子建一所书院，资金一直凑不够。这下好了，"百泉书院"终于破土动工，圆了一代学子之梦。

张菊人却到东关一油坊做起了短工。九九八十一天之后，才挣够了回家的盘缠。张菊人用皂角把一袭青衫捶洗又捶洗，青衫穿得太久了，起了皱角，油坊的女主人帮他浆洗了一遍，挺括了许多。张菊人没有别的行囊，只几本书相伴，收拾进褡裢里，准备明日启程。青灯之下，张菊人戴着老花镜，一针一线，把开缝的青衫缝了几处。噗地一口吹灭灯，和衣而卧。过陵川，走长治，要翻不少山哩。张菊人心里说。

次日一大早，张菊人悄悄起床，穿上浆洗过的青衫，背上褡裢，手拄油坊的主人送他的桃木棍。主人说桃木棍一可以避邪，二可以拄着走山路。张菊人轻轻推开大门，出来又回身把大门掩上。当他转过身，一抬头，却愣在那里：台阶上，石墩上，长长的街道上，坐满了人，站满了人。都是城里城外的百姓，听说他要走，天不明就来了，怕打扰他，一个个都缄了口不出声。露水打湿了绺带，风吹歪了瓜皮帽，这时，一声声、一声声深情地唤："老爷——老爷！"

张菊人眼眶霎时潮湿了。他走下台阶，一个个搀扶，一个个执手，口里埋怨："走就走了，还送个啥？"一个白发老者走上来，向张菊人揖礼，然后端上一杯酒："请老爷饮了这杯辞别酒！"张菊人这才看到，街上摆满了筵席，一眼望不到边。张菊人问："这队伍有多长？"老者答："一直到城东五里之外的五龙庙。"又问："这筵席有几桌？"老者再答："人有多长，席有多长。"张菊人立时恼了，将桃木棍扔在地上："毁我一生清白也！"说罢转身进了大院。老者与众人面面相觑，更不敢去烦张菊人。

许久不见张菊人出来，老者率先推门而入，却见张菊人悬于皂角树下，气已绝。老者扑通一声跪下，身后之人一个个都跪下来，膝盖跪击青石板的脆响声一直传到五龙庙。头一声哭声之后，一片呜咽。

老者痛悔：千不该，万不该，摆酒席，搞浪费，坏了张老爷一世之名呀！

张菊人灵柩要运往山西。走的那天，十里无空巷，人人皆穿白，祭奠张菊人的竟是一杯杯素酒：清清白白又略带甘甜的百泉水！若早献一杯素酒，张老爷也不会……悔之晚矣。

老者哭，少年哭，学子哭，农人哭……白日哭过，梦里又见张菊人，不知多少百姓在夜里湿了枕巾。不少人哭肿了双眼，半月不下。过往客商以为辉州流传红眼病，传到朝廷，朝廷派太医下来巡诊，才知道了事情的真相。朝野上下为之震动，皇上亲赐御碑一块，上书四个大字：

清白如水。

# 老人与女孩

○ 刘　柳

风儿轻柔地吹着，空气清清新新的，一股儿甜甜嫩嫩的气息，不知是微风的气息还是那看不着无边无际的空气的气息。早上的太阳在河的那头升起，于是满河的水闪动着，跳跃着，由远及近荡漾着红的、橙的、金色的光芒。

晨曦中，一个老人，一个小女孩走近了河边，小女孩牵着老人的手，声音稚稚的，"阿婆，今天我们又是第一个来。"

"嗯，来早点好，可以占到河边那块可以坐着洗衣服的石头啦，也可以早点洗完衣服回去煮饭吃。"

"阿婆，妈妈怎么天天叫你洗这么多衣服哟？"

老人不说话，抽出手摸摸小女孩儿嫩黄黄的头发。

老人在经常洗衣服的大石头上放下挽在右臂上的一大桶衣服，跟小女孩说："舒舒，乖，你在边上玩哦，莫玩到水里去。"

"好。"小女孩说完，像平常一样走开去玩。

河边是一大片宽宽长长的草地，小女孩儿弯着腰轻轻地踩着草地，她看见绿绿的草上沾满了小水珠儿，晶莹莹的。小女孩伸出小指头碰，那小水珠儿就破了，一半儿留在小女孩儿指纹间，一半儿仍在草地上，只是不圆了，也变小了，但仍晶莹莹地亮。

河边陆陆续续地来了几个提着桶的女人，女人们见着了小女孩儿都叫："舒舒，又陪你阿婆洗衣服来了。"

小女孩人小，却乖，小女孩看见提着空桶的女人就喊："大妈，你这么早就来提水呀？"看见提了一桶衣服的女人嘴也甜，"大妈，你也来洗衣服呀，我阿婆在那边洗。"边说，小手还边指着，于是女人们都高兴，近的就走近几步拍拍小女孩的头："真乖，舒舒真懂事。"

清晨的那一缕轻烟般的雾早已散了，阳光温柔地倾洒着，草地上的小水珠儿也不知何时躲了起来。有蝴蝶飞过，一只，两只，白白的蝶儿，小小巧巧的，一上一下，一左一右地翩跹。小女孩一双眼被吸了过去，看那两只蝶儿飞飞停停。小蝶儿飘飘忽忽，越飞越远，小女孩于是跑起来，跟着小蝶儿忽前忽后，忽左忽右，头上的小黄毛头发迎着轻风一拂一拂的。

小女孩跑累了，停了下来，小脸蛋儿红扑扑的。河边，近处远处，水里岸边左一个、右一个，三个一群、五个一伙的女人在洗衣服，或半蹲着，或弯着腰，或坐着，小女孩看见阿婆正弯着背拧着一件衣服，身旁的大石头上只有一两件衣服，她知道阿婆快洗完了，于是沿着河走过去。

三群五伙的女人们边洗着衣服，边叽叽呱呱地说话。说着说着，有人瞄了眼在稍远一边洗衣服的小女孩的阿婆，叹一声说："唉，舒舒的阿婆真可怜，这么老的人了，还要天天洗那么多衣服。"

"是啊，舒舒娘也真恶，天天逼这么老的老人洗衣服。"另一个也叹气。

"舒舒娘——"一个女人刚要开口，旁边的女人推了推她，用眼睛撇了撇身后，那女人反转头就看见舒舒站在一边，忙回过头，抓起衣服猛捶。

舒舒愣了愣，忙跑向阿婆。"阿婆，阿婆，刚才我听到那边的大妈在说我们呢。"舒舒皱起小眉头，"她们说，妈妈天天逼你洗好多衣服，还说阿婆可怜。"

"莫听她们乱说，你一个小孩子懂什么。"阿婆急急地说，顺手拉过石头上的一件衣服死命地搓起来。有水，一滴一滴地落在河里，舒舒蹲着，偏着头看着阿婆，"阿婆，你流眼泪了？"

阿婆用手背抹抹眼睛："没，阿婆没流眼泪，是水溅到眼睛里去了。"

"阿婆——"

阿婆费力地把最后一件衣服洗净拧干，"走，洗完了，我们回去。"阿婆双手提起大桶，"舒舒走。"

舒舒忙站起来，伸长小手，"阿婆，这好重，我帮你一起提。"

"莫，不要。阿婆提得动。"

"阿婆，等我长大一点点，我就可以帮你洗衣服了。"

舒舒说着，牵着阿婆的衣角走回去。一只蝴蝶飞来了，太阳下，蝴蝶翩跹的影子一动一动地落在舒舒身上。

# 腌白菜好吃

## ○半 文

吃饭的时候，局长说："腌白菜好。"又说："以前在农村，年年腌一个七石缸，又臭又香，够一家子吃一年。现在想想，真是怀念啊！"

一旁为局长倒酒的小刘，心里突然"咯噔"了一下："这不是说给我听？"小刘又特意睃了一眼局长的侧面，局长又夹了一筷，说："腌白菜好。"小刘心里有了底：这话，就是说给我听的。小刘把酒瓶放下时，心里已经有了主意，让住在乡下的母亲，抓紧腌一七石缸。

母亲接到小刘的电话，犯难了。小刘进城读书，留城工作，在城里安家。头几年，一年要回好几趟，主要是拿生活费。后来，几年回一趟家。所以，小刘对老家的情况可能不太清楚，他老母亲也和他局长一样，是多年不腌白菜了。地里不种白菜，种烟草了。平日里吃的，一棵一棵，都要从农贸市场买了。要说，想吃腌白菜，上农贸市场多买几棵白菜，腌上，不就行了。有地的时候不清楚，没了地，才发现菜价高得离谱。平日，母亲舍不得买新鲜蔬菜，钱来得不容易。所以母亲听小刘说要腌一七石缸白菜，有些吃惊。不过，母亲没说什么。要不是碰上了犯难的事，小刘也不会打电话给她。母亲知道小刘在城里，日子过得不容易。母亲把多年未用的七石缸又是洗衣粉又是洗洁精地涮了七八遍，直到缸子里能清楚照见自己的脸了，才罢手。然后，母亲揣着钱上了菜市场。

母亲从来没这么早进市场，母亲从来没见过那么多那么新鲜的蔬菜，比从前自己在地上种的还多，还好。不过，白菜一斤要卖1块2。没办法，儿子要派用场的。母亲忍痛买了十斤，想了想，又买了五斤。回到家，母亲认认真真一棵一棵往缸底码，像小学生往田字格里写字一样。完了，一看，才铺满缸底。母亲望着缸底，叹了口气。过了一会儿又去了市场，把别人挑剩下的，都搜罗了回来。花了50多块钱，装了满满两大蛇皮袋。母亲感觉自己从没在菜市场这么阔气过，有些电视里贵妇人的派头了。母亲感觉自己有些不太像自己了。不过，为了儿子，就阔气一回不像自己一回罢。母亲一层菜一层盐地码菜，等把菜都码完了，母亲看看，有一半了，有点样子了，便在上面压了一块青石板。

第二天一大早起来，母亲去看七石缸，发现菜在缸里天塌地陷，只剩下不到一半的一半了。有经验的老人分析：自家养的白菜，养得足月，有筋骨，腌在缸里折得不多。可买来的菜，嫩、脆，说不定还注了水，不折才怪。母亲哭笑不得，以前不清楚，腌一缸白菜，还这么费事？这么费钱？

小刘第二天又打电话回来，母亲说腌得差不多了。母亲第二天中午，在菜场收市前，又去收了一圈黄的蔫儿的青菜。这些菜不如白菜有筋骨，不过，黄的蔫儿的，反而比不黄不蔫儿的有筋骨，折得少，又便宜。母亲这样去菜市收了三次，一七石缸腌白菜，就有些模样了。母亲望着丰满的七石缸，长长地舒了口气。

一个星期后，小刘回了趟老家。和他一起回来的还有一辆带着长长车尾巴的大车子和四个工人。小刘让四个工人，用绳子，杠子，把一整个七石缸，搬上了车。小刘不像是要在家里多待的样子，母亲看工人在搬七石缸，赶紧问小刘："这喊一个车子，还叫四个帮工，得花多少钱？"小刘说："车子300。工人一人50。""要500？"母亲吃了一惊："比这一缸腌白菜还贵？""贵啥？只要局长高兴，再贵也是便宜。"小刘有些不高兴。母亲只好咬断了话头，很无辜地看着工人把七石缸搬上车。儿子拉开车门，也坐到了车上。

母亲有几年没好好看儿子了，想让儿子吃了饭再走，看儿子急急忙忙的样子，又把话咽回了肚子里，心里像压着青石板的腌菜缸，有些沉。

小刘坐上车，回头看了一眼压着青石板的满满一七石缸腌白菜，催司机快走。司机直接把车开进了局长住的小区，小区的警卫本来不让进，听说是给局长送货，便放行了。到了局长家楼下，小刘让四个工人把七石缸抬下来。小刘直接上楼，去按局长家的门铃。小刘知道，局长这个时候，一定在家。局长开门看到他，特别是看到一七石缸腌白菜，脸上的笑，一定会像落了石头的水面一样，荡漾开来，一圈一圈的。

局长开了门，看了小刘，又到楼下看了压着青石板的满满一七石缸腌白菜，说："腌白菜好吃啊！"局长又说，"腌白菜好吃，可也不能当饭吃啊！把它抬走吧。"小刘有些急："局长，腌白菜好吃，您就把它留下吧！""小刘，我要是把腌白菜都留下，就该有七缸了。我家还不够大，别说七缸，一缸腌白菜都放不下啊。"局长拍拍小刘的肩膀说，"小刘，你的心意我留下了。腌白菜怎么来的，还让它怎么回去吧！"小刘更急了："局长，看在小刘一片诚心，您不把这一缸留下，至少，也留下一面盆啊！""一棵都不要留。"局长有些不耐烦，说完，拍拍屁股上楼去了。

小刘很沮丧，没敢跟上去。司机在一边问小刘："这一缸腌白菜，怎么办？"

"拉远一点，扔了。"

小刘后来问那天同桌吃饭的小张："局长说腌白菜好吃，给他送腌白菜，怎么会不高兴？"小张说："你连这点都不知道，局长家里的厨房，从来不开火的。"小刘这才知道，自己的脑袋里真是少根筋：局长的饭局，365 天，排都排不过来，要一缸腌白菜干吗？

还有一点小刘也不知道：小张也是送过腌白菜，才明白这一层道理的。

# 张铁板年谱

## ○朱 宏

张铁板的一生与字有关。

1958 年。张铁板莫名其妙地和工友打了一架，虽然两人都未伤及筋骨，但是用主任的话说影响恶劣，因此被责令写出深刻检查。那时，张铁板还不叫张铁板，叫张铁文。

车间主任捧着张铁板的检查，问，这是你写的？

是，主任。张铁板回答，心里在打鼓。

是亲笔写的？

是，主任。张铁板面部肌肉发紧。

主任说，现在，你给我抄一段报纸。张铁板就抄了一段报纸。

主任说，明天到技术组报到吧。

张铁板的检查深不深刻并不重要，让主任大吃一惊的是满纸整整齐齐的仿宋字。适逢技术组需要一个描图员，于是就让张铁板填了这个缺，张铁板时年 19 岁。

张铁板的字为什么这么好呢？张铁板说那是因为他们的语文老师是个旧军官，对学生要求极其严格，笔记用魏碑，作文用仿宋，稍一马虎，就等着屁股变成八瓣儿。后来旧军官在"文革"中遭了难，但是他的学生却一生受益于他。

1968 年。厂里搞文艺汇演，张铁板因为字好，被抽调到了厂工农兵宣传队。张铁板在宣传队的主要工作是刻钢板。那时没有电脑，所有剧本都要垫着钢板刻在蜡纸上，然后油印。就因为有张铁板的字，那些剧本不光宣传队员喜欢，在全厂职工中也成为抢手货，职工子弟甚至把剧本当成了字帖。张铁板这个外号就是那时叫响的，叫了一辈子。

宣传队的特长是京剧，演出的时候需要在舞台边的白墙上打幻灯，这样观众就可以看明白唱词。写幻灯字幕也是张铁板的任务，那时自然也没有电脑作依靠，字幕是一笔一划竖排版写在玻璃上的。张铁板倒霉就倒霉在这些字幕上。那天上演《红灯记》，张铁板坐在幻灯机边，跟着剧情有条不紊地把玻璃片插入幻灯机。当李铁梅唱到"我家的表叔数不清"这一段时，意想不到的情况出现了，观众看到的字幕是"我家的表叔数不清，没有大婶不登门"。全场哗然。

这是一场严肃的"政治事件"，其灾难性后果是张铁板被清理出宣传队，停职反省，深挖思想根源。后来张铁板找到了根源，主要还是政治学习不够、思想觉悟不高、中旧军官流毒太深。由于认识尚属深刻，本着治病救人的方针，厂里没有开除张铁板，但是一纸大过处分一直躺在了张铁板的档案袋里。若干年后张铁板说，啥根源不根源的，关键时候李铁梅来要开水，打完了就走呗，一直跟我闲聊，你说我能不走神？

1978 年。厂子恢复生产，张铁板负责制作机器的标牌，要在几公分长短的卡纸上写明产品的功率、电压等数值，然后拿去拍照制版。这样，每件产品的铝牌上都是张铁板的字，这是张铁板倍感自豪的事情。方寸之地成了张铁板施展才华的空间，张铁板说这个舞台才是最有价值的。

价值当然不仅体现在精神层面，张铁板的名气为他带来了不少实际的好处。那些年张铁板偷偷摸摸给市里面不少小厂写过标牌。这种私活不光明不正大，但是挣点外快贴补家用也算是早期勤劳致富的手段。赚这点小钱虽发不了大财，但是张家生活水平明显提高了一小截，一家人时常下个馆子。

1988 年。让张铁板感到最没面子的是没有培养出一个大学生，非但如此，两个儿子的字简直惨不忍睹。张铁板曾手把手地教，两个儿子也装模作样地练习过，无奈玩心太重，只喜好掏鸟摸鱼，怎么也没能练成。有一次大儿子在父亲面前叹口气说，我们的字都是被"四人帮"害的。其中不无调侃。

1998 年。张铁板提前一年退休了。实际上在此前的几年里张铁板已经成了"闲人"。单位买了电脑，要什么样的字，一摁就出来了。在欣喜之余张铁板又感到悲哀，毕竟电脑这个东西抢了他的饭碗。新来的大学生可以做出很漂亮的版面，但是他们的字实在不敢恭维。这让张铁板有点看不惯，张铁板认为字是人的脸面。

这一年张铁板老伴病故。老伴故去那一刻，张铁板号哭不止。医生喊家属填写死亡证明单，张铁板拨拉开儿子和儿媳，要亲自填写。张铁板镇定了一下，强压悲痛，以魏碑体工工整整地填完了单子。这情形让在场的人，包括医生，唏嘘不已。

2004 年。张铁板走完了人生之路。与老伴合葬的墓碑很精致，标准的魏碑刻写着他们的生卒年份，两边的挽联写着"仿宋品格，站得正坐得直；魏碑精神，外圆润内坚毅"，对仗虽欠工整，但那是张铁板在病重之际亲自拟好的。尽管张铁板对电脑打出的字颇有微辞，认为那些东西虽然标准但是没有灵魂，然而对于这块用电脑雕刻的墓碑张铁板也不能再说什么了。

# 耻　辱

## ○张晓林

　　打了一阵子仗，过足一把瘾后，宋真宗赵恒想和萧太后议和了。

　　赵恒的旧臣，已投降辽国的王继兴又从中积极撮合，萧太后竟也同意了。萧太后说："派个人来商量一下吧。"

　　赵恒想了想，决定叫曹利用出使辽国。

　　曹利用来谒见赵恒。

　　赵恒心事很重的样子。他对曹利用说："萧太后一定想让我割让易、瀛二州啊！"

　　曹利用点头，说："圣上看得透！"

　　赵恒突然有些激动。他狠狠拍了一下面前的御案，说："对祖宗打下的基业，朕宁可拼死一战，也不允许别人去瓜分它！"

　　曹利用额头冒了汗。他说："有辱使命，臣就不活着回来见陛下了。"却又陪着小心问："那——其他条件呢？"

　　赵恒想了想，说："他们要是想要点钱财，倒还可以考虑。"

　　曹利用迟疑一下，又说："陛下得说个限数，臣心里也就有底了。"

　　赵恒伸出一个指头，说："绢、银不能突破这个数——100万！"

　　曹利用走出皇宫，寇准又把他叫过去，问问，断然地说："不行，那不行！顶多给辽国30万，超过30万，回来圣上不说你的事，我说——我要你的脑袋——你要记住！"

曹利用心里直骂寇准：这个疯子，你说你不是多事吗！

半个月后，曹利用出使辽国回来了。

他要见赵恒，刘承圭拦住了他。刘承圭说："曹大人现在不能进宫，皇上正在吃饭！"

曹利用很不高兴，说："这可是急事！"

刘承圭说："再急也得守规矩啊！皇上吃饭是不见大臣的，这规矩曹大人应该知道！要不，你把谈判结果先透一声，我去给皇上报个信？"

曹利用白了刘承圭一眼，说："这是国家机密，我必须当面向皇上禀报。"

刘承圭说："那曹大人先等一会儿，我看看皇上吃过饭没有？"

过一会儿，刘承圭走出来，说："曹大人，皇上让你先报个数给他！"

曹利用不情愿地伸出三个指头，晃了晃。

刘承圭重又返回内宫，赵恒一见，用黄绢擦了一下嘴，急问："多少？"

刘承圭说："他只晃了晃三个手指头，奴才猜一定是300万！"

"300万？"赵恒失声叫道，"这么多！"沉了一会儿，又喃喃自语道："只要不割地，300万能把事情摆平，也还算可以吧。"

吃过饭，赵恒召见曹利用。

赵恒见面就没给曹利用个好脸色。曹利用在一旁唯唯诺诺，一副小心翼翼的样子。

赵恒越发没有好声气了。"朕不是说最高出到100万吗，你怎么一下子就给了人家300万！"

"扑通！"曹利用跪下了，说："回陛下，臣不知道300万从何说起？"

赵恒闹糊涂了，问："你不是伸了三个手指头吗？"

曹利用说："臣是伸了三个指头，但那不是300万。"

赵恒急忙问："是多少？"

"30万。"曹利用答。

赵恒一听，高兴坏了，一连声地说："好，好，朕要重重奖赏曹爱卿！"

结果，曹利用的官职连升两级不说，赵恒又赐给了他好些珠宝。

曹利用心里明白，这都是寇准，那个疯子，给自己带来的好运，当初骂他，不应该啊！

第二天，曹利用把赵恒赏给他的一只玉如意进献给了寇准，说："多亏宰相啊！"

寇准接过玉如意，"啪！"摔个粉碎，骂道："你这个大兵，狗屁事理都不通，30万也是耻辱啊，你还有啥脸面如此高兴呢！"

# 鞋

○ 阎耀明

年轻人的鞋坏了，去修。

街口就有一个修鞋的，摊子不大，一个戴着单帽的人在埋头干活儿。

年轻人把鞋放下。修鞋人拿起鞋，看了看，说，过半个小时就可以来取了。

年轻人就离开了，往街上走。

年轻人心里正烦。年轻人大学毕业有一阵子了，始终找不到合适的工作。有人给介绍一份，年轻人嫌工资太低，而且给一个连高中都没有读过的老板打工，年轻人觉得有点那个。

年轻人找了不下20份工作，都觉得不太满意，没有去做。他每天都注意看报纸上的用工信息，每天都出去联系，有时上门去毛遂自荐。结果，都没有谈成。

年轻人自然心里不是滋味。别的不用说，光鞋就走坏了两双。鞋走坏了可以修，往修鞋摊儿上一放就行了。可工作始终没有影子，这让年轻人很是心焦。

取鞋的时候，年轻人付了钱，正要走，修鞋人问，还没有找到工作？

年轻人一愣，说，没有。转身闷闷地走了。

不久，年轻人又去那儿修鞋，却先愣了一下。原来的修鞋摊儿不见了，被一间干干净净的小屋取代了。修鞋人坐在屋里，正捧着一份杂志看。

年轻人走进屋里看了看，放下鞋说，这小屋不错，你发财了。

街口这地段，金贵，能有一间屋，是许多人眼馋的事。

修鞋人说，夏天省得风吹日晒，冬天省得挨冻，享点福吧。

年轻人说，你把一个小小修鞋摊儿干大了，不简单。

修鞋人放下杂志，开始干活儿。

年轻人没有出去，拿起杂志看。竟是一份文学杂志。

年轻人问，你喜欢？

修鞋人说，喜欢。

转眼就修好了。修鞋人问，这么久了，应该找到工作了吧？

年轻人有点不高兴，觉得修鞋人多嘴。但他不好跟一个修鞋人发火。

年轻人没有说话。修鞋人真是多嘴了，在年轻人往外掏钱时，又说，这个小摊儿，我干了两年多，总算有一点模样了。我挺高兴的。

年轻人觉得修鞋人说的话是给自己听的，有挖苦人的味道。放钱时就把不满表现出来了，他没有放，而是扔。

修鞋人似乎看出来了，淡淡地笑一下。

年轻人再次来修鞋时，修鞋人放下杂志，请他先坐下，还倒了一杯水。年轻人就颇觉疑惑，不知道修鞋人为什么这样客气。

修鞋人说，我们是校友。

年轻人一惊，认真地看修鞋人，却想不起来在哪里见过这个人。

修鞋人说，你大学没毕业的时候，有一年寒假你到我这儿来修鞋，我见你戴着校徽，知道咱俩是一个大学的校友。

年轻人吃惊了，目不转睛地看着修鞋人。

修鞋人说，我毕业已经两年了。我高你两届，算是师兄了，我叫钉子。

年轻人似乎一下想起了什么，说，钉子，对了，是钉子。我在校报上见过这个名字。钉子就是你呀？你好像写了几首诗，发表在校报上。

修鞋人说，没错，钉子就是我。我挺喜欢文学的，觉得生活中如果有文学相伴，那感觉是不一样的。我毕业后没有找到合适的工作，也不能啥都不干呀，就干起了这个。我父亲是鞋厂的技师，摆弄鞋有一套，我学来了。

年轻人不解地看着修鞋人，心里觉得一个大学毕业生修鞋，咋想咋有点那个。

修鞋人开始干活儿。年轻人翻着杂志，竟看到了钉子的名字，杂志上登了他的一篇小说。年轻人一目十行地看了一遍，写的就是修鞋的事。

修完了。修鞋人说，鞋穿在脚上，所以鞋听脚的。我只会修鞋，不会告诉脚怎么走路。所以我和你说过的话，你可以不听，或者只当没听见。

年轻人拿出钱。

修鞋人说，这次不要钱了。

为什么？年轻人问。

不为什么。修鞋人答。

年轻人走出小屋，在门外站了好一阵，才慢慢离去。

# 背沙的汉子

〇金　光

　　新房盖了好几年一直没装修，朋友说夏天是装修的最佳时机，我便动了装房的心思。一问才知道，装房先要把地板整平，而整平地板得买水泥买沙子，卖沙人帮我算了一下，160 平方的房子，光沙得 7 方，水泥 60 袋。天哪，这么多的东西让我怎么搬上去？卖沙的人笑笑：只要肯出钱，有的是出力人。我问他得多少钱，他说：四楼一吨沙子搬运费是 40 块，水泥一袋一块，总计 340 块。我看面前那么一大堆东西，说：行，运吧。

　　卖沙人走出院子，向蹲在大门口的一位中年汉子招了招手，那汉子站起来三两步就跑到了我面前。卖沙人说：他算一个，我再出去叫几个。那汉子一听，拉着卖沙人说：别，别叫别人了，我一个包了吧。我愣了一下：这么大一堆沙子一个人背到什么时候了？我摇摇头说：不行啊老兄，一个人干不完。他上前拉着我的手乞求似的说：我等了四天了，没干一点活儿，你就让我一个人干吧，保证不误你的事儿。我还是有点犹豫。卖沙人无奈地苦笑了一下说：唉，他老实，别人背沙都是搭伙的，他总是一个人，老婆得了类风湿在医院住着……我没等卖沙人把话说完，摆了下手：不说了，让他一个人干。汉子感激万分，二话不说，就往拖拉机上装起来。

　　沙子很快运到了楼下，我对背沙人说：你先背水泥，不用着急。他说：我一定尽快背完，不行夜里加班背，不误你的事。说话时，一袋水泥扛上了肩，一步两个台阶往上跑。我知道，扛着50公斤的水泥爬楼是什么滋味，看着他急慌慌的样子，想说什么也没说出来。

下午单位领导打电话让我开会，我把钥匙留给背沙人交代说：我有事了，你慢慢背吧，沙子今天背不完明天再背。他没说话，接了钥匙装进兜里，继续背着。

单位的会议结束得很晚，加上晚上想看一部连续剧，我也没再去新房那儿。第二天，我早早地来到新房，一进院就看到了背沙汉子疲惫的身影，面前的沙子只剩六七袋了，我有点纳闷儿，上前掏出一支烟递给他说：歇一会儿，你起这么早呀。汉子大口地喘着粗气，接烟的手抖动着，衣服完全被汗水浸透了，头上和脸上水泥的灰和汗水掺在一起，像一尊活动的雕塑。他没有表情，而是靠在防盗门上欲拿烟抽却没有足够的力气。我打了火递上去，他却摆了下手说：我，我抽不动了。我一惊：你背了一夜？他点点头。吃饭了没有？他无力地摇了摇头，打战的腿显然有点不听使唤，身子一歪，差一点儿倒下去。

我一把夺过他手中的烟扔在地上，也不嫌他脏：走，坐我摩托车上，先吃饭，吃完再说。我把他带到一家早餐店，先倒了一杯水，要了一碗豆腐脑和四根油条，看着他狼吞虎咽地吃着。我说：剩下的你不用背了，一会我来背吧，我也是打农村出来的。汉子一听，忙说：不不不，我背我背，没多少了，一会儿就完了。我掏出350元钱，交给他说：你的任务完成了，这是工钱，不用再去了，快去医院看看你老婆吧。说完，不容商量，我起身离开了早餐店。

楼前摆着6袋装好了的沙子，我扛起一袋就往楼上爬，爬到三楼时，两腿便像灌铅一样沉重，到了四楼，浑身冒汗，气儿上不来了，恨不得把沙袋扔到门口。倒了沙，正愁剩下的沙子怎么背完时，背后传来了脚步声，一转身，看见背沙人已到了跟前，只见他站在沙堆旁，手一松，沙子顺着袋口倒了个干干净净。

我正要开口，他却先说话了：你别下去，我去背。说完，一闪身出了门。不一会儿，他的身影又出现在了门口，肩上仍是一袋沙子。

　　干完了活儿，他找来一把条帚，仔细地扫了楼梯和场地，这才走到我面前，掏出 10 元钱塞在我手上，说：我的工钱是 340 块，你多给了，我不能要。谢谢你让我一个人包了这些活儿，你救了我的急，我得赶快去交这几天的住院费。然后，他又一闪身，消失在楼梯上。

　　我愣愣地看着手中的钱，心中泛出一种说不出的涩味儿……

# 贩鱼档

○ 符浩勇

老鳄爹是大浦湾为数不多的旱鸭子之一。

可旱鸭子有旱鸭子的活法。像老鳄爹就专靠贩海鲜，开个摊档，打发日子。

每到捕捞汛期，老鳄爹总是守在滩头边，等着返航的船靠岸了，他就奔上去一边探听收成，一边讨价还价，每每贩来卖去，纵然总不见红发起来，可时日也能偶尔开花，安稳度日。

前年，婆娘病去，老鳄爹精神一落西山，常常闹出病碎，贩鱼再也跑不动了。独生女亚秀一片孝心，丢下织网活计，安慰爹说："爹也该歇歇了，我去贩鱼——"过后，真的去滩头贩回一趟鲜活的龙虾，卖了好价钱。

老鳄爹看着只是摇头，女人家不长生意心眼，不是做买卖的料子，但又拗不过亚秀。

一回，老鳄爹叫过亚秀："你去贩鱼，要长秤砣心眼！"

亚秀不解，老鳄爹又说："爹有两杆大小秤，你贩鱼用小秤大砣，砣子压得低些，能多贩些；卖鱼要大秤小砣，一斤可多卖几两。"亚秀点头，似乎悟到了真谛。一连三五日，贩来卖去比平日净赚不少。

一晃三秋过去，亚秀贩鱼竟也发起来了。撑起了一间咸淡店铺，取名"富海"店，卖贩来的海鲜，也卖闲时织下的渔网。

起初，亚秀去滩头贩鱼，同捞海者讨价，磨得嘴长茧，也只是三二户卖给她。连篓包筐也不过是几十斤。而今，亚秀只要在滩头一站，捞海者都蜂拥将所获卖给她，除篓去筐三二百斤。

起初，亚秀贩来的海鲜，只是村里来了远客，一时应急招待买了三二斤，还挑肥择瘦，嫌积压味儿有变。而今，涌向亚秀店铺的却贵贱不分，除去应急招待匆匆旅人过客买，外来商贾城里商贩时不时来函来人洽谈订货，时时是当天贩回的鱼鲜，当天下晌消歇，鲜嫩嫩，水灵灵，绝无异味。

有人说，亚秀命好，赶上了天时地利人和；也有人说，亚秀凭借了市场经济发展的东风；有人说，亚秀长得秀气，倾倒了远离婆娘的捞海者；也有人说，亚秀花枝一朵，逗引彩蝶一般的买客……

然而，亚秀还是亚秀，风里来，雨里去，买卖做火了，招了海生为倒插门丈夫。

老鳄爹有女儿女婿孝敬，眼看着一桩桩、一件件地贩来卖出，满脸光彩。

一个海生出海的时光，老鳄爹独酌独醉，夸女儿："还是你行呀，只可惜你娘见不着这年景了。这些年，你记住爹的话吧，买时小秤大砣，卖时大秤小砣……"

亚秀听着，脸一怔，连连摆手："爹，错了，错了，我可把你的话记反了！"老鳄爹陡然酒醒了一半，愣着不敢相信。

# 爱情水

○乔　迁

　　地震来临的时候，他们正在吃饭。这是他们最后的晚餐，吃过这顿饭后，他就要离开这个家了。他离开，并不是因为他有了别的女人，也不是因为不爱她了，而是他无法把自己的爱化做点点滴滴的生活交付给她。他忙碌奔波的工作使他无法陪伴在她身边，给她关爱，给她呵护。而她，却是一个需要爱情化做生活点滴围绕在身边的人，需要男人呵护的女人，这却是他无法做到的。做不到，便只有离开，彻底地离开，这种离开，也是爱。

　　屋外的阳光美美的，透过薄薄的窗纱洒进屋里，淡淡地洒在他们的身上。她坐在他的对面，泪水一次又一次地打湿了饭碗，饭碗里除了菜与饭，还有她的泪水。她扒了一小口饭菜，咸咸的。她抬起泪眼，望着他，他刚毅的面孔告诉她，他真的要离开她了。她有些恼怒地把饭碗往桌子上一顿，恨恨地孩子似的说道："你一定有相好的了，一定是。"看她嗔怪恼怒的表情，她知道他没有相好的，她这么说，除了气愤，还有对他的爱。想到爱，他的心猛地痛了一下，他们结婚3年了，1000多个日夜，他总共陪伴在她身边的日子也没超过100天，他心里突然慌愧不已，伸出手，伸向对面她放在桌子上的手，他想抓住那双手，紧紧地握在手心里，永远不再放开……可是，他做不到。他的手在半路上停住了，在半空中停顿了一下，慢慢地回缩，回缩到自己的胸前，他艰难地吐出了一句话："对不起。"

　　她的期待瞬间落入了尘埃之中。她双手掩面，失声痛哭起来。

餐桌突然晃动了一下，桌子上的碗碟与桌面撕咬着发出吱咯咯的叫声。她抬起头来，目光疑惑地望着他说道："你晃桌子干什么？"她看到了他惊恐的面孔，桌子不是他晃动的。他猛地飞身而起，扑到她的跟前，一把抱住她，迅速地钻进了桌子下面。也就在这一瞬间，她感到了即将天翻地覆前的剧烈摇晃。桌子被摇晃着跑动起来，他松开她，死死地抓着桌子腿。摇晃让她本能地抱住了他，抱住他的那一瞬间，恐惧像胆小鬼一样退后了，她紧紧地搂住他，她想她不会再撒手了，不论他走多远。"松手！"他大声喊道。她一愣，并没有松开手。"快抓住桌子腿！"他又大喝一声。她松开了他，他威严的指令使她不由自主地迅速地抓住了桌子腿。他松开了桌子腿，向外爬去。他要弃我逃命去了。她顿时心冷如冰。来吧，来吧，砸死我吧！她听到了自己心里发出可怕的吼叫声。

　　他爬出桌子，巨大的摇晃使他根本站立不起来，他只好趴在地上，努力地爬去。她看到了他的爬行，急急地爬行，不是爬向门口，而是向不远处的地上滚动着的一瓶水。他奋力地一个鱼跃，那瓶滚动的水被他死死地抓在了手里。他转过身来，努力地向桌子下面爬来，她明白了，泪水顷刻飞泻而下，她大喊道："快，快呀！"

　　咯吱吱的叫声强烈地响起，他和她都看到了：墙壁在倾斜，即将卧倒的倾斜，他们立刻就要被倒塌的房屋埋住。她惊叫起来，她看到他的脸上滑过一丝微笑，奋力地把手中的水瓶掷向她……轰的一声，一切覆于黑暗之中。

　　救援人员在 4 天后找到了她，她在桌子下面，近乎毫发无损，她的手里紧紧地抱着一瓶水，紧紧地搂抱在怀里，瓶子里的水一口也没喝。她已经停止了呼吸。救援人员想不通，这瓶完全可以让她活下来的水，她为什么一口也没喝，而只是紧紧地抱在怀里，像搂着她亲爱的人。终于，在离她不远处，救援人员挖出了他，那一刻，所有的人都哭了，他们知道：有时候，爱比生命更重要。

# 午夜电话

○中　学

爸爸，我是玲子。

我的孩子，你在哪儿？

别问了爸爸，原谅我吧！

玲子，回家吧，好吗？

不！爸爸，我已经决定了。

玲子，听爸爸一句话——回来吧！

不，爸爸，原谅女儿……

别哭别哭……说话呀——玲子你在听吗？

嗯。

你在哪儿？我怎么听见大海的声音？

爸爸，我早就想好了，只有大海能接纳我。

玲子，爸爸一直在等你呀！

爸爸，我什么都没有了。

有的呀孩子，你还年轻啊！

别说了爸爸，我真没用，考三年都没考上。

不考了不考了咱不考了，爸爸再也不让你重读了行吗？

晚了，一切都晚了。

孩子，不上大学你还可以做别的事呀，你聪明——

我什么都做不了。

你行的，爸爸相信你。

爸爸，你不让我处男朋友，可是我没听你的话。

爸爸知道，爸爸支持你。

不是的爸爸，他，他不要我啦！

那有什么呀？你才 22 岁，会有男孩子喜欢你的。

可是，我和他，他和我，我已经……

傻孩子，路走错了可以回来的。

回不来了啊爸爸，我把一切都给了他，可是他……他考得好，他瞧不起我，他说和我分手啦！

孩子，爸爸当初不让你处男朋友就是怕你走到这一步——既然走错了，就再回来；你知道错了，说明你成熟了呀。

爸爸，你咋又咳嗽啦？

没事儿，你离开家这些天，我就黑天白天等你电话——你让爸爸上哪儿找你去呀？

别找了爸爸，我已经决定了。

决定是可以改变的呀孩子。

不，我已经想好啦——别再找我了，我不留遗书，临走前，我把日记都烧了。你就当没养我这个女儿吧！

傻孩子，爸爸就你这么一个孩子呀！现在快一点半了吧？再过一会儿天就亮了。天亮了一切就都过去了，爸爸相信我的女儿是个坚强的孩子！

爸爸不要劝我，没用的啊。

那你得告诉爸爸，你打算什么时候走啊？也好让我给你妈上坟时告诉她一声啊！爸爸得知道我的玲子是什么时候去的啊！

爸爸，原谅我……

孩子，你听着——你妈临死时说过，让我一定要把你拉扯大，要让你有出息，所以爸爸一直没……爸爸怕你受委屈呀！

嗯，我知道。

爸爸逼你考大学，还不是想让你将来好吗？你这一走，你让爸爸……

爸爸，别再抽烟啦！看你咳嗽的，按时吃药啊爸爸。

玲子……

爸爸，都是女儿不好——让你伤心了，你要保重啊爸爸！

我会的——告诉爸爸你在哪儿好吗？爸爸去看你！

来不及了爸爸，我马上就走了。

孩子，你在电视上见过海难时死的人吗？

电视？我3年多没看过电视了呀！

那爸爸告诉你吧，掉进大海后，衣服都被冲没有了，全身泡得像河马似的，眼睛全被鱼吃了……

别说了爸爸，我不怕。

孩子，你连死都不怕，还有什么可怕的呀？听爸爸一句话：回来，好吗？

爸爸别劝我，只要你能保重，我就没有牵挂了！

放心吧孩子，我要是像你现在这样，早就死上100回了，还能有你？你妈死后，我既当爹，又当妈，把你一点儿点儿拉扯大，多少难关我都闯过来了——因为我知道：生命能给你想要的一切，只要你拥有生命！

爸爸……

孩子，你一定听说过"榜上无名脚下有路"这句话吧？你有健康的身体，还有聪明的头脑，做什么不行啊？那些下岗的女工，有的没有文化，年龄又大，但是，人家不都活得好好的吗？生命只有一次呀孩子，人死了就不能复生了呀！

爸爸……

你妈病重时，咬牙挺着。她对我说，我不能死啊，我死了咱们的玲子咋办呀？谁来管她呀？每次见我把你抱到病床前，她的脸上就有了笑容。她嘱咐我说："只要你能把玲子养大成人……"

爸爸……

孩子，有些话爸爸不说你也懂，你在作文中不是写过吗？有了挫折和创伤生命才更有意义呀！

爸爸！我的手机没电了——你等着，我再找个电话，等着我……

# 火 灾

## ○罗伟章

胡志安在火灾中丧生了。是他妻子告诉了我这一消息。他妻子说她叫芸。我跟胡志安是初中同学，自他初三上学期被开除之后，我们就再也没有联系过，算起来，已经是 20 年前的事了。这 20 年间，他走过了什么样的人生历程，找了个什么样的女人，是否养育了孩子，我一无所知。也就是说，在我的视野里，那个名叫胡志安的人，早已沉没于往昔的岁月之中。我没想到的是，他那双忧郁的眼睛还一直追随着我。这些年来，我走南闯北，就像一首歌里唱的："为了超越这平凡的生活，注定暂时漂泊。"但胡志安完全了解我的行踪，还知道我现在的电话号码。临死之前，他对妻子说："我死后，你给田文打个电话，把我救火的经历原原本本地告诉他。"

这经历一点也不复杂。胡志安在深圳某建筑工地打工，这天黄昏，他下班后骑单车走在回家途中，突然听见路边一家店铺里发出巨响，随后，接连不断的爆炸声伴着滚滚黑烟，火苗腾空而起，迅速蹿上二楼。二楼以上都是住家户。胡志安听见有人在报火警，同时看见二楼上一个矮小的老太婆在绝望地拍窗子，他扔了单车跑过去，抓住一根斜伸的树枝攀上阳台，用拳头砸烂了窗玻璃。跳进屋后，他才发现老太婆是坐在轮椅上的。餐桌上放着一壶凉水，胡志安脱下自己的外套，淋湿后往老人脸上一盖，抱起她就走。此时黑烟飞旋，什么也看不清，他瞎摸了好一阵才打开房门。走廊已被充斥着铁锈味的烈火吞没，他猫着腰抱着老人往外冲。老人安然无恙，而胡志安却被大面积烧伤，出大门的时候，又被一只掉落的花盆击中了头部。他被人送进了医院，十余天后不治而亡。

他为什么要特别嘱咐妻子将这件事告诉我呢？按照一般的猜测，是我以前跟他的关系很好吧。其实不是这样。我们同学两年多，而且住同一间大寝室，却从没有过私下的交谈。他不仅跟我如此，跟别的同学也如此。他在我们班成绩最好，也最穷。即使大冬天，他也穿着缀满补丁的老蓝布单衣。穷使他自卑。他那颗圆滚滚的脑袋总是低着的，偶尔抬眼看人，目光里也充满畏怯和忧伤。我们学校在一座半岛上，校舍之外是广袤的田野。不知什么原因，学校跟周围农民的关系很不好。校方为了缓解这种关系，明文规定：学生践踏了庄稼，以十倍之价赔偿；偷了农民的瓜果，开除。胡志安就是偷了瓜果被开除的。那是一个星期二的中午，下了近半个月的雨，终于在这天停止，带着泥土香味的阳光遍洒在半岛上。仿佛为了庆贺这难得的好天气，学校杀了一头大肥猪（那时候学校自己喂猪），做成盐菜烧白肉卖给学生。蒸笼揭开，油腻腻的味道便在空气里浮荡，顷刻间灌满了整个校园。我们在食堂外的槐树底下排成长队，满口生津地向卖肉的窗口一步步靠近。可这时候，胡志安却在远离食堂的操场边转悠。他不仅没钱买肉，连饭钱也没有。他已经两顿没吃饭了。他饿。无孔不入的肉味加重了他的饥饿感。他终于从围墙溜出去，偷了农民的两根黄瓜。

他当场就被逮住了……

有消息说，星期五就开师生大会，宣布开除胡志安的决定。他的初三学生生涯还有不到三天。

星期三那天深夜，我被噩梦惊醒，听见胡志安捂在被子里说梦话："爸呀！爸！……"他爸给他送钱来的时候我见到过，那是一个身体瘦弱的男人，脸黑褐色，手上疮口累累，从远处看去，他仿佛土地上一块活着的伤疤，这块活着的伤疤之所以愿意承受一切苦难，就是为了儿子将来有个出息……

胡志安见到谁都是一副想哭的样子，但班上没有谁理会他。大家都看不起他。

星期四，我们刚吃过午饭，校园里突然想起急促的铃声。铃声过后，校长在广播里大声喊叫："岛上起火了，全体男生带着盆子去救火！"

我们呼啸而出。校长让我们去救火，是希望跟半岛人缓和关系。火灾现场离学校并不远，出校门后，穿过十余道田埂就到了。已有好些农民围在那里，都是笑嘻嘻地观望！原来，被烧的是数十年前修的一个公猪圈，离最近的农户也有上百米。公猪圈早就结束了它的历史使命，加上风吹日晒，雨淋虫叮，木料也已成废物，谁还去在乎它啊。见农民自己都不救火，跑来的老师和学生也就站着看热闹了。

正在这时候，胡志安冲了过来。他灵巧得像大山里的猴子，迅捷攀上橡木拆火路。木料都是干透的，火路跑得比风还快。不到十分钟，房屋就彻底垮塌了。胡志安随梁柱一起倒入火堆。在一片惊呼之中，他跑了出来。他的脸像刚出井的煤矿工人，手上到处都是被火舌舔出的血泡，腿肚还被铁钉扎了一个洞。

我们都以为这是上天给了胡志安一个将功补过的机会。那天上晚自习课，胡志安扎着绷带进了教室，但班主任告诉他说："你不必来了。"那口气，决不是因为怜惜他受了伤，而是另有含义。这一点大家都听出来了，胡志安也听出来了。看着他那绝望的眼神，我的心痛了一下。我大声对班主任说："胡志安见义勇为，难道就……"班主任严肃地瞪了我一眼。次日的大会照开不误。开会之前，黄瓜的主人不知从哪里得到消息，跑到学校来为胡志安求情。校方感谢她的通情达理，同时表示，胡志安犯了纪律，就要依律处罚，否则，怎么能培养出有用之才？至于他救火，学校并不承认那是见义勇为：抢救没有价值的东西，义从何来？就这样，胡志安在星期六早上，背着铺盖卷，带着满身的伤痕，凄惶而孤单地走了……

芸说："你知道志安为什么让我打电话给你吗?"

我说知道。他是想让我明白,虽然上次救火没能拯救自己的命运,但再次遇到火灾的时候,他并没有袖手旁观。他的灵魂没垮。

芸抽泣起来了:"对,你说得对,志安就是你说的那种人……但他还有件事情让我告诉你。"芸停顿了许久,说:"半岛上的那次火,是他故意放的,他想制造一个机会,让自己好好表现,让学校保住他的学籍……他失败了,他说这是自己罪有应得……为这件事,他愧悔了20年,特别是觉得对不起你的信任……这次他终于赎罪了,他救出了一个老人……"

芸放声大哭。

# 老四一只眼

○石庆滨

工头看看老四手中崭新的砍刀和大铲，目光死死地盯着老四的一只坏眼，说，木工瓦工全靠眼力，你能行吗？

老四说，不信你考我试试。

工头说，看你是老实人，我也不考你了，你跟着老师当小工吧。

老四急了，说，当小工我挣不够定亲女人要的彩礼，我不想当小工。

工头说，那我也没办法了，现在不缺师傅。

老四说，随便你指哪一堵墙，我搭眼一看就能说出有多少块砖。

工头走形式似的随便指了一堵墙。也就三五秒的光景，老四说，一共有三百七十五块半。

工头不屑地笑笑说，那半块从哪里来？老四说，内墙里面留了一个接线盒口，从里面就看出来了。

工头吃惊地看了看老四的那只坏眼，转身走进墙架里去看，果真看到了缺茬的半块砖。因为结构特殊，横管连线，从外面看不到接线管，不熟悉建筑结构的人是看不出那个地方有个接线盒口的。

工头数完了，看着老四的那只好眼，点点头笑笑，说，你眼力没问题，我也相信你是一位好匠人，可现在不缺师傅，当小工你又嫌挣钱少，我没办法啊。

老四说，你队里有一个师傅砌墙好往里跑，灰口也大。

工头有些吃惊地看着老四，说，我知道，他是我的一个老乡，一块儿出来的，没办法啊！好在还在合格之内，泥墙的时候还可用灰衬平的。

老四说，也是，出来都不容易，你忙，我走了。

工头说，你看这样行不？你先在我队里当小工，我问问别的队有没有特殊情况歇工的。

老四想了想说，行，大哥你多操心啊！

老四干小工三天，队里出事了，工程总监看出了工头老乡活路的毛病，对工头大发雷霆，停工翻工，还要扣每个人的工资。

老四把总监喊到一旁说了些什么，一队的人都狐疑地看着他。

总监吃惊地看了看老四的坏眼睛，风风火火走了。下午突然宣布设备检修，停工放假半天。工头坐在工地窝棚里吸闷烟，一队的人都在，趁老四外出小解，大家七嘴八舌说开了：

"一只眼跟总监说了什么？"

"也巧，他一来总监就查出毛病来了。"

"是不是他告的密？"……

听到老四的脚步声，大家立马住口。

到月底的时候，总监说扣大家的工资没扣，大家像捡了大便宜似的，一高兴把那些不愉快都忘了，与老四也和好如初。

工头让老四顶了那位老乡的岗，老四上了架，刀起砖落，要什么形有什么形。老四不用线不用杆不用线坠子和水平管，但砌出来的砖墙比任何人都平整齐匀，泥墙轧出来的光就像镜子，搂出来的墙角标准的九十度垂直，贴出来的外墙砖严丝合缝……还有一个绝招，一天下来自己砌了多少砖，老四张口就来。有人不服，专门做了记号验证，结果半块不差。

小工佩服，老师佩服，工头佩服，工头的那位老乡更是佩服。

忽一天，老四像丢了魂似的，一歇工就发呆，有一次差点从架子上掉下来。

　　工头问他，他说没事，就是有些想家了。

　　工地门口小卖部的老板突然来找老四，老四未等老板说话，扑通一声面朝家乡跪下，埋头痛哭：娘啊，儿子不孝，我还没攒够你动手术的钱啊……

　　老四回家奔丧，大家凑了一些钱给他。他说，家家都有一本难念的经，钱还没挣出来就都有了着落，要能借我早借大家的了。母亲说，她得的是绝症，就是不借也不花我挣的一分钱，她是留着给我说媳妇用啊。没钱，我说个后婚头都黄了。

　　工头含泪说，好兄弟，你走吧，处理完她老人的后事我们再一块儿干。老四没走多久，工地出了一件大事，塔吊突然折断，砸死了一个工人，总监被执法人员带走了。

　　传言塔吊质量有问题，总监吃了回扣。

　　执法人员找老四，说老四是一个重要证人。老四曾给总监提过建议，说那个塔吊要出问题，他看出其中一个钢管有裂缝……

　　大家这才明白那天老四给总监说了什么，可大家依然不明白的是，老四一只眼，为什么能看到两只眼看不到的东西。

# 点　歌

○王天瑞

坎坎坷坷，颠颠簸簸，公共汽车在起起伏伏的大山里左盘右旋。临近中午，安然终于看见了石岩村。

安然最近憋一肚子气。5年前和安然一起分到局里的两名大学生，一位晋升为主任，一位晋升为副主任，只有安然原地踏步。安然怎能不怨天尤人呢！爸爸妈妈知道后，就叫安然趁国庆节长假回乡看爷爷，到大山里散散心。

安然生在市里，长在市里，大学毕业后又分到市里，回乡看爷爷的次数屈指可数。可安然知道，爷爷就住在石岩村东山的那个独立砖瓦房里，几十年如一日为村里看山护林。

安然还没有走进屋，就拉着长腔喊"爷爷"。爷爷正在屋里看电视，顺口应了声"哎"。爷孙俩见了面，愣了好长时间。爷爷恍然大悟，说，小勇，你咋回来了？安然说，俺爸俺妈叫我看您哩。爷爷，您好吧？爷爷说，好好好。

爷爷说，来，咱看电视，县电视台马上就播出我点的歌。安然说，您点的什么歌？爷爷说，《我的祖国》。安然笑了。安然说，什么时代了，您咋还点这首歌，现在都点流行歌曲。爷爷也笑。爷爷说，自从县电视台开办点歌节目，我年年今天都点这歌。安然说，您也该换换了。爷爷说，不换，明年今天我还点这歌。

安然转念一想，说，爷爷，您给谁点的歌？爷爷说，我的战友。安然说，您的战友在哪里？爷爷长长叹了口气。安然惊奇地看着爷爷。

爷爷犹豫着，终于还是说了。爷爷说，你没有打过仗，你不知道，那上甘岭战役打得激烈啊。我军依托坑道战壕坚守上甘岭，敌人凭仗坦克大炮强攻上甘岭，成吨成吨的炮弹落在上甘岭上，把上甘岭表面炸成一米多深的粉末。

爷爷说，敌人哪来那么多炮弹？我军侦察兵发现，敌占高地的山里有一个巨大的军火库。上级指挥部命令炸掉这个军火库。我连立即组成一个爆破组，有副连长袁朝、排长鲍国、班长戴胜，还有我这个兵。副连长他们迂回到敌占高地背后奇袭爆破，我潜伏到敌占高地正面佯攻掩护。

爷爷说，我们趁着暗夜出发了。当副连长他们接近敌人军火库时，敌人发现了，实施火力封锁。我立即端起机枪向敌人扫射。敌人急忙调转火力向我压来。就在这时，只听轰的一声巨响，紧接着便是轰轰轰一连串的巨响——敌人的军火库发生了连锁爆炸，山摇地动，火光冲天……

爷爷说，当我醒来的时候，正躺在战地医院里。我的肠子流了出来，医生把我的肠子填进肚里，缝合好伤口。那时你奶奶还是卫生员，为我打针送药，端水喂饭。

说到这里，爷爷扒开衣服，让安然看他肚子上的伤口。安然说，爷爷，我只知道您打过仗，还不知道您是英雄哩。爷爷说，我不是英雄，我是一个普通战士。

爷爷说，我和你奶奶结婚后，县里安排我任民政局副局长，安排你奶奶任卫生局副局长。我说，我身体残疾，不适合当领导。你奶奶说，她文化低，也不适合当领导。我和你奶奶就回到咱石岩村。

爷爷说，几十年来，我日夜想念战友，想念副连长他们。每到国庆节，我就到县电视台为他们点歌。

安然沉默了。安然不说一句话。

这时，听众点播节目开始了。主持人说，下面是安武士同志为他的副连长袁朝、排长鲍国、班长戴胜点播的电影《上甘岭》插曲——《我的祖国》。

上甘岭阵地——枪声——炮声——硝烟——火光——志愿军战士痛击敌人……歌声优美、亲切：一条大河波浪宽，风吹稻花香两岸；我家就在岸上住，听惯了艄公的号子，看惯了船上的白帆。这是美丽的祖国，是我生长的地方……

看着听着，爷爷唱起来，眼里噙着泪花。安然也唱起来，眼里也噙着泪花。

歌声结束了，安然深情地叫了声"爷爷"。安然说，爷爷，我懂了。

第二天，安然匆匆返回市里走上工作岗位。

# 报　恩

○魏西风

外婆家住在距我们很遥远的山里，外婆家的门前有一条小河，那条小河弯弯曲曲的一直从东山绕到西山，我们去外婆家正好可以绕开河。那条河从童年到现在给我的记忆很深刻。

我还很小的时候，有一年暑假去外婆家玩水，我差一点儿被水淹死。

刚被别人救上河岸，我的肚子已经胀得要命，我只知道那个把我从河里救上来的人三两下就把我肚子里的水给倒出来了，然后，那个人就不见了。我躺在河岸上缓了两个多小时才活泛起来。

从那时候起，我就记住了那个人，我长大以后一定要报答他。

后来听说，救我的那个人当时在距离我不远处的山上割草，他看见我在河里的样子就知道我根本不会游泳，可我下了水，竟向着水深的地方走去，一眨眼的工夫他就看不见我了，只见河里冒水泡泡，他知道我掉到旋涡里去了，就急忙跑下山跳进河里救了我，然后什么也没说就又割草去了。

随着岁月的流逝，那个救我的人渐渐地在我的记忆里模糊起来。后来我学会了游泳，有时候下水的时候，我总会想起我溺水的事情，可是那个救我的人的样子我却怎么也回忆不起来了。

后来有一次骑着摩托路过河边，我看见一辆车掉进河里，急忙从桥上跳下去。凭着我后来练就的本领，我从河里救出了两个落水的人，后来我才知道其中有一个人是我们县里一个副县长。后来，我被那个副县长照顾参加了工作。从此这个提拔我的人被我当做再生父母，他是我人生当中又一个恩人。

30年以后，我去外婆所在的镇子上当了镇长，我就想再要找到那个当年救我的人，当然找到这个人是很容易的一件事情。当我亲自去看望他的时候，他已经老了，虽然他的日子过得很清苦，但是他还像当年一样有精神。

当时我并没有说我是来感谢他的，我只是以一个镇长的身份，去"看望"他，但是我自己心里清楚是怎么回事。临走的时候我特意叮嘱他如果有什么困难一定要找我，他很愉快地答应着我。可是我当了将近半年的镇长，他却从来都没有到镇上找过我。

逢年过节，我都带着丰厚的礼物去看望那位让我仕途发达的恩人，但我却抽不出时间去看望将我从河里救上来的恩人，不过在我心里，我是永远也不会忘记他的。

年底的时候上面拨下来一笔救济款，我特意叫秘书取了几百元钱给他送去。以他家的情况领救济款是应该的，但是一般由村里代领，可是我知道一旦村里代领，他就拿不到了。当他得知那笔钱是我特意给他的时候，他竟然没有收。

我在那儿当了两年镇长，终于找到了一个报答他的机会。我在上面争取了一个项目，这个项目可以白白给他15万元，我给他争取的这个项目名义上是搞养殖，发展贫困农民经济的，但是我可不管他是不是真拿去搞养殖，反正这笔钱是白白送给他的，他爱干什么就干什么，对于我而言，我既是按政策办事，又还了我一桩积压在心中多年的心债。

就在我临走的时候，我的恩人找到我，很感激地问："你为什么要特别关照我？"我很真诚地说："我是报答你啊。"他很惊讶地问："你报答我什么？"我说："难道你忘了吗，那一年我去我舅家，不小心掉进了河里，你不是救了我吗?"他想了好半天才说:"原来是你崽娃子。到了你舅家门前干事,办事可要公道。不过这几十年了,我倒把这事情给忘了。"

后来说什么他也没要这笔钱,在我调走之后,上面来查这笔钱,结果被后来的镇长给贪污了。

他又一次救了我,我却不知道该怎么报答他。

从领导岗位上退下来以后,我就和那个曾经给我仕途提供过帮助的人断绝了来往,倒是外婆村子里救我的那个人经常来城里看我,因为他求我办一些微不足道的小事,我都给他办了,到了果熟时节,他总是给我拿些新鲜的水果让我尝。

也许救你的人不一定把这件事情放在心上,但是被救的人如果不报答自己的恩人,那这件事情就会在他心里压一辈子,直至有一天把他给压垮。

# 拽耳朵

## ○魏永贵

老安是被老婆从睡梦中拽醒的。拽着耳朵。

拽耳朵是老安老婆的习惯动作。高兴了拽，生气了拽，撒娇的时候也拽。恋爱的时候老婆就看好了老安耳垂上的那坨肉。老安老婆说你这人其实就耳垂上这坨肉可爱。

现在老安被拽醒了。老安说天没亮你把我的好梦搅没了，我正梦见一大片桃花，哎呀那个香啊。老安一边说一边还闭着眼睛夸张地吸着鼻子晃着脑袋，像电视警匪片里一只努力寻找嗅源的犬。

还桃花呢还做着桃花梦赶上了桃花运呢。老安老婆继续拽着老安的耳朵。

这一次，不是拽，是生生地捻，生生地拧了。

老安睁开眼睛，这才看见老婆撅着嘴。于是伸过来手想安抚一下老婆，却被挡开了。

老婆揉着眼睛说我刚才被一个梦吓醒了，气死我了。

老安老婆说，我梦见你搂着一个女人说说笑笑在前面走，对了，也好像是在桃花地里，你们就在我眼前，我想喊，却怎么也喊不出声，我就追你们，追呀追，就差一步拽着你耳朵了，我的一只鞋跟断了，脚也崴了……后来就醒了。哼，我现在还觉得这里难受呢。老安老婆边说边揉着脚脖子。

老安说你看错了人吧。

老婆说你少狡辩，我的手机昨天接到一条短信，说男人有了外遇的症状是：单位天天加班，家务基本不沾，手机回家就关，短信看完就删，上床呼噜震天，内裤经常反穿，符合其中的三条属于疑似，四条即可确诊。昨天晚上你正好说单位加班，半夜才回家，倒头就睡得像一头死猪，哼，你这是标准的外遇症状！所以我就做了这个梦。

别疑神疑鬼了，上午我还有重要的事情要做，让你男人再睡一觉。老安回避着老婆的话题，重新躺了下来又睡着了。

中午，老安和桃又坐在了桃花源酒店的小包厢里。餐桌上那盏桃型的灯把包厢的气氛渲染得十分醉人。

桃的两腮上飞着桃花一样的红。桃说昨天晚上你回家老婆没有审问你吧？

老安说嘿嘿哪能呢，昨天晚上我回家上楼前，到附近一家烧烤店喝了一瓶啤酒，吃了两头大蒜，都把你的香味盖了。

狡猾！桃在老安的脸上亲了一下。

老安说奇怪了，今天天刚亮我老婆就把我弄醒了，说她做了一个梦，在一片桃花地里发现了我们，她说要不是高跟鞋的鞋跟断了，就追着我们了！

哈哈哈，有这样的事吗？桃笑了。

还有更绝的呢。老安说我老婆弄醒我的时候，我也做了一个梦，也是在桃花丛里，真是不可思议。

看把你美的，就是说你交桃花运了呗。

桃把一块桃花鱼送到老安的嘴里，顺势又在老安的脸上亲了一口。

老安正要嚼那块鱼，嘴突然僵住了。坐对面的桃顺着老安的视线扭回头，看见了身后的一个女人。

老安慌忙站起身说，老婆，你……我们……

那块桃花鱼在老安嘴里吐也不是，咽也不是。

看来我的梦做对了。有一点我要说明，我不是跟踪你们，我是路过这里看见"桃花源"几个字鬼使神差走进来的。

老安老婆说话的时候一直很平静。最后，老安老婆对老安说，走，回家。

老安老婆伸手就拽着了老安那又厚又大的耳垂。

老安老婆在拽着老安离开包厢的时候甚至很灿烂地回头冲着桃笑了一笑。虽然只有一瞬，却像桃花一样灿烂。

第二天老安拨通了桃的电话。老安很谨慎地说，桃，昨天，我……

电话里好一阵沉寂。

后来桃声音低沉地说，我好羡慕她，可以拽着你的耳朵把你牵回家……

后来桃就把电话挂了。

后来桃就彻底地消失了。

# 寻找李信中

〇 曾　平

　　费了九牛二虎之力才找到李信中的家。

　　我在集镇上问过很多人，我说我找李信中，他住哪里？能不能带个路？都吃惊地问我，哪个李信中啊？我以为集镇上的人都应该认识李信中，至少那些上了年纪的人应该认识。30 多年前，这个名字足以让这个集镇的人们为他敲锣打鼓啊！

　　后来，一位老者问我，是不是白鹤岭那个养羊的老者李信中？我说我要找的是 30 多年前当过兵的李信中，不是养羊的李信中。老者说，是不是身上被地雷炸得坑坑洼洼的那个李信中？我不知道李信中身上被地雷炸得怎样，但我知道他曾经惊天动地地滚过地雷。老者说，不是你找的那个李信中才怪？老者随手指了一个毛孩，由他带路，翻两座山，爬一个坡，就到了。

　　我要找的李信中还住在青瓦房里。我查找过资料，他们那批立功授勋的，有三位，已经官至省军区司令、政委，再不继的，也弄了一个副师级退休。

　　房门紧闭。有个小孩，趴在屋前的一磴大石头上做作业。石头是主人有意弄在那里的，上面放着簸箕、筛子、筲箕等物具，相当于城市摆放水果点心的茶几。

　　我说我找李信中老先生，这是他的家吗？

做作业的孩子抬起头，疑惑地打量我。他似乎不知道李信中是谁？

孩子的作业是写作文，作文标题是《假如》，孩子写道：假如我生活在城市，我要把爷爷接到公园；假如我生活在城市，我要和爸爸妈妈去游乐场；假如我生活在城市，我要给爷爷、爸爸、妈妈盖高高的大楼。

我问孩子，去过城市吗？

孩子摇头。

我说，去过公园吗？

孩子摇头。

我说，游乐场呢？

孩子还是摇着头。

我说家里人呢？

孩子说，爷爷上山放羊去了。

我说爸爸妈妈呢？

孩子说，到广东打工去了。

青瓦房很有一些年月，土墙上开裂着斑斑驳驳的口子，主人为了整治它，在缝隙里，镶嵌进去不少石块。

我问孩子，知道爷爷当过解放军吗？

孩子摇头。

我问孩子，知道爷爷打过仗吗？

孩子摇头，不过他眼里闪射起不少希冀和好奇的光芒。

我说，孩子，想不想听听爷爷的故事？打仗的！

孩子点头，眼睛盯着我，一脸好奇。他肯定没听过。

我告诉他，30 多年前，在一次惨烈的战斗中，敌人在阵地前布置了一大片地雷阵，凶恶地挡住了我们前进的道路。正在无计可施的时候，突然，一名勇敢的战士，从山头上，冲下去，用身体，把敌人的地雷阵轰隆隆地滚爆。

孩子从故事中很久回不过神来，问我，你讲的是我爷爷？

我说，是啊！你爷爷李信中，大英雄啊！难道爷爷没告诉过你？

孩子摇着头。

倒是我疑惑起来，难道我找错地方了？

孩子突然兴奋地叫起来：爷爷回来了！爷爷回来了！

夕阳西下，一位老者，挥舞羊鞭，赶着一群羊，从山那边，往家走。浑厚的山歌，有一搭，没一句地，在山梁子上，奔跑着。

这就是我要寻找的滚雷英雄李信中？老实说，我对李信中一点儿也不了解，我只是在偶然间接触到了一个关于他的资料。在那个资料里，我知道了他的几句话，那几句话改变了他一生。就因为那几句话，我想见一见李信中。其实，问完那几句话，我就可以走。

我毕竟不能一来就开门见山啊！

我搭讪说，老人家，歇歇！我递过去一支烟。

他接过我的烟，笑笑，说，都是歇着。

很快，我谈到了我见到的资料，我谈起了那次战斗，还有他用身体滚爆的一大片地雷阵。

他沉默着。吸着我递过去的烟。烟雾腾腾，笼罩着他满是丘壑的脸。

我说出我一直想对他说的话。我说你何必说那些话？没有人问你啊！就算问了，完全可以换一种方式啊！

他不认识似的看着我，说，能行？他指着自己的心窝子，说，得对得起自己的良心！

我的心窝子像被什么重重地撞击着。立功授勋的决定都要下来了，英模报告会的稿子都写好了。他却对记者说，当时他滚下去是在山顶踩滑了脚，要知道下面是地雷阵，说什么也不敢。就这几句话，他的立功授勋，英模报告，全取了。

我告诉他，他们那批立功授勋作英模报告的，已经有三个省军区司令、政委，再不继的，也是副师级退休。偏偏他，回到白鹤岭放羊。我说，后悔不?

他一边吆喝着羊，一边说，啥后悔的，要是不说出来，才后悔死了。

我也替他吆喝着把羊往圈里赶。

他扯开喉咙吆喝孙子快去灶背后烧火。他丢下羊去火炕楼上取腊肉。

他要我留宿一晚，唠叨唠叨。

# 流浪去远方

○朱耀华

我不知道我是怎么挤上了那列火车的。那列火车只在我家乡的那个小站停留了一会儿。最初，没有人注意我，因为车厢里挤满了人，他们来不及注意一个与他们毫不相干的小东西。

我在又臭又热的车厢里找到空隙坐下来，吃着带在身上的面包和火腿肠。后来，我睡着了。当我醒来的时候，已经是第二天早晨，列车刚好到站，我跟着乱哄哄的人流下车了。

公交车。高楼。大商场。我敢肯定，这是我曾经在梦中来过的大城市。我感到欣喜，也突然有点儿害怕了。我不知道我该往哪里去。

我身上还有 50 块钱。那是临走的时候，我从父亲的抽屉里拿的。我决定悄悄地走，这个计划已经藏在我的心里很久了。我想狠狠地吓唬他们一下，看他们还离不离婚。

我在大街上漫无目的地走着。最后，我饿了，在一个漂亮的房子前面停了下来。门口，站着两个穿红裙子的大姐姐，有人进去或者出来，她们都要弯一下腰。从透明的玻璃窗里，我看到那里面有很多小孩子，他们面前的桌子上有个方盘，里面放着饮料和各种各样的食物。我的口水不由得流了下来，我知道这样不好，赶紧用衣袖揩了。靠窗有一个小男孩看看我，对我挤了挤眼睛。他的妈妈用手拍了拍他的头。我正怔着，一个人走过来对我说："走开，走开走开！"

我就走开了。那50块钱在我手心里攥着。后来，我在一个饭店里买了一碗水饺。我撒了好多胡椒面，把我的眼泪都差点儿呛出来了。那个胖胖的老板娘把我那张面值50元的钱拿在眼前抖了好几下，又仔细瞄了我几眼，才找给了我一大把零钱。

我又回到了街头。转弯的地方有一个乞丐，他可怜巴巴地摇晃着手上的破碗。我犹豫了一下，给了他两毛钱。已走出几步，我又拐回去，把那两毛钱拿出来，换了一张5毛的扔进去。他张开满是胡茬儿的嘴巴向我笑笑，把一根大拇指竖起来。

我就这样游荡着，后来，我觉得疲倦了。在一个路边的小花园旁，我坐下睡了。有人摇醒了我。睁眼看时，太阳已经暗了下去。一个矮瘦的男人站在我的面前，他的旁边还有一个装满废纸的三轮车。

他打量着我，笑了。他问："你是从家里逃出来的吧？"

我点点头。我看得出，他的目光是友善的。"跟我走吧，就住在我那里。"他说。"你住在哪里？"我胆子大了些，问他。"天桥宾馆。"他说，向前边努努嘴，"就在前面不远，又宽敞，又舒服。"

我点点头。

他让我坐在三轮车上。三轮车摇摇晃晃地向前走去。他蹬着车，口里哼着莫名其妙的调子。一会儿，到了一座天桥，桥头有一个低矮的地方，撑着一个帐篷，周围还有几块挡风的木板。他把车停住，说："到了。"

帐篷旁有一个女人，女人看见我，诧异地问他怎么回事。男人告诉她，是捡回来的儿子。我问："这就是你说的天桥宾馆？"

他说："是啊，怎么样？不错吧？"说完，哈哈哈地笑了起来。女人也笑了起来。女人打开一个口袋，里面装着几个馒头。男人给了我一个。我在衣袖上擦了擦，狼吞虎咽地啃起来。吃完，他又给了我一个。他的手里还有一个大瓶的矿泉水，他喝了两口，给我。我喝的时候也先用袖口擦了擦瓶口。

晚上，我就和他们睡在那个铺着破棉絮的木板上，男人给我讲起了自己的故事。从他的故事里，我知道了，几年前，他们的儿子离家出走了，从那以后，他们就满世界地找。

"他应该和你差不多大了。"男人说，他的声音没有白天那么爽朗。

那晚上，不知怎么回事，我悄悄哭了。天一亮，男人就骑着三轮车上路了，女人则走向另外一个方向。只有在黄昏，他们才在那个叫做"天桥宾馆"的地方会合。我坐在男人的三轮车上，和他一起在这个城市陌生的大街小巷里穿行着。

一个星期以后，两个警察找到了我。他们的手上拿着一张报纸，报纸上有一幅照片。我一眼看出来，照片上的人就是我。两个警察说他们知道我是谁，他们要送我回家。我说我不想回家，我已经习惯了这里。但是，男人和女人不肯收留我了。他们抹着泪，把我送到了车上。男人说，他们已经有了儿子的线索，也很快就要回家了。

第二天一早，我看到了爸爸妈妈那熟悉的面孔。他们迎上来，妈妈一下子把我搂进了怀里，爸爸又把妈妈搂进了怀里。

8岁那年，我的流浪生活就那么开始，又这么结束了。

# 父亲的先见

## ○王平稳

春天，父亲对海光说，麦子快要熟了，陪父亲到地里套种玉米吧。

海光大学毕业，没有找到工作，又回到生他养他的黄土地，整日闷闷不乐愁断肠。晚上看电视到深夜，早上太阳爬得老高才起床。一晃大半年了。

看着儿子愁肠百结，父母也愁断了肠。

海光在家里待着也不是滋味，就陪同父亲到麦田套种玉米。父亲在后面扶着播种机手把，海光在前面拉绳子。

海光家里五亩地，用播种机一天时间就能种完。海光发现，五亩地，父亲买了六样品种的玉米种。海光问父亲，为什么要买这么多品种？捡好的种子买够不就行了？

父亲笑着说，这是为了保证玉米丰收。

海光不解，这其中也没有什么科学道理啊！玉米种都是培育出来的，不存在多种玉米品种杂交促丰收的现象。

父亲一边推着播种机一边说，任何事情都不是绝对的。种子有 10 块一斤的，有 5 块一斤的，也有两块钱一斤的。我不是在搞什么科学实验，这是种地种出来的经验。不要看好 10 块一斤的种子，也不要小看两块一斤的种子。种地也同做生意，要承担风险。10 块钱的种子不见得在这块土地上高产，两块钱的种子不见得在这块地上低产。

海光说，上年种什么种子高产，今年还种什么种子不行吗？

父亲停下来，点着一根烟说，啥东西都在不断变化，今年的种子不再是上年的种子，今天的土地也不是上年的土地。上年高产今年可能会绝产。

海光直犯迷糊：那是咋回事啊？

父亲一边抽烟一边说，天有不测风云，玉米的生长期100天左右，这一百天中谁能想到要发生些什么事情？有的玉米品种易生虫。有的玉米品种长得高，招风，如果结穗儿时刮一场大风，将玉米拦腰刮断，那可要绝收了。

海光点了点头说，原来如此！那为啥不买成低杆抗倒伏的种子。

父亲吸完了烟，接着推播种机，不仅仅是风对玉米生长有影响，温度高低，阴雨天气，虫害病害都对玉米的生长有影响。不同的品种对自然的抗拒能力不一样，就像每个人有不同的免疫能力，玉米也有自己喜欢的温床，适合了生长迅速，不适合了生长缓慢。多买两样品种，有的抗旱，有的抗风，有的抗虫，有的早熟，有的温度低一点也能正常生长，到秋天，绝收的可能就会大大降低。

买玉米种不能只听价格。有人没毕业就找到了好工作，就像10块钱一斤的玉米种子；有的人却很难找的到工作，就像两块钱一斤的玉米种子。人不经风雨难成大材，玉米不经过100天左右的风吹日晒雨淋，难以结出大穗玉米。

两人谈着话，不知不觉就种完了玉米。听父一席话，海光深有感触，100天对于人来说不算长，对玉米来说就是一辈子。

转眼间就到了收秋季节。

海光看到地里有空玉米秆。别的玉米叶都枯黄了，这些玉米还是青枝绿叶，长得特别粗壮，就是没有结玉米，只有一个空皮囊。

海光问父亲这是什么原因造成的？是遇到自然灾害了吧。

父亲啪地踩倒几棵空玉米秆，说，不是自然灾害，是人为灾害。记不记得，10块钱的种子就点种在这里，没想到里面有假种。万幸的是没有全部买成假种子。多买几样种子最大的好处就是防备假种子，多手准备才不会满盘皆输。

海光不由得义愤填膺，在什么地方买的种子，找他们赔偿。

父亲说，肯定要去的，只是可惜了这片土地，可怜了这些种子，白白活了一辈子。人可不能这样，条件差点儿，挣钱少点儿，只要记着做人的准则，坚持到底，才会有所收获。

海光听着父亲的话，感到血液激流奔涌。

# 那个夏天的遗憾

○ 徐常愉

那个夏天，我在一家品牌服装店做导购。夏装刚一上市，就有一款紫色连衣裙卖得非常火。当然价格也不菲，每件 1079 元。

一天，一对年轻的恋人来到店里，他们转了一圈之后，在那款紫色连衣裙前面站住了。女孩是漂亮而且高傲的，男孩也很帅气，然而他的言谈举止却明显有些谦恭。没办法，似乎高傲的女孩总是让男孩缺少信心。我一向对这样缺少自信的男孩没什么好感，因此，我并没有像往常那样热情地迎上去，而是站在旁边静静地瞅着他们。他们一边看着裙子一边谈论着，从女孩的神态能够判断出她看中了裙子，但是，显然是遇到了麻烦，似乎是男孩囊中羞涩。那么紧接着女孩便显得很失望，很不高兴。于是，我看到男孩羞红着脸向我走来。我迎了上去。走近了，男孩压低声音问我，那件标价 1079 元的紫色连衣裙能否打折？我遗憾地摇了摇头。但是，男孩还没有死心，他似乎还想说什么，却又停住了，大概是他突然意识到再说什么都是徒劳，因为这是一家品牌服装店，店里的每一件衣服都是固定价格。于是，我又看到他失望而无奈地回到女孩身边。两个人才说了三两句，就见那个女孩一甩手赌气向店外走去。男孩便也顾不了太多，急忙满脸羞愧地追了上去。

这样的故事在我们店里并不是什么新鲜事，因此，我很快便把它忘了。

没想到，大约是一周后，我在店里又看到了那个女孩，但是，她身边的男孩却换了，换了一个胖得有些发蠢的男孩。并且从他们亲昵的举动就能看出他们已经是一对恋人了。他们径直走到那款紫色连衣裙前，女孩指着裙子要我为她找一件 XXL 号的。我木然地找出裙子递给她，她愉快地接过去，迫不及待地进了试衣间。当女孩穿着那件紫色的连衣裙从试衣间走出来时，冲进我耳朵的是她的新男朋友夸张的叫好声。这是我非常反感的。尽管附近的顾客都向女孩投来赞赏的目光，但是，我觉得这件几乎穿在所有女孩身上都会显得很漂亮的裙子，唯独穿在她的身上显得有点儿灰暗。

　　1079 元。那个男孩豪爽地从兜里掏出钱包数出 11 张百元大钞向我递来，说，不用找了。我没有接他的钱，我面无表情地用手指了指收银台……

　　看着那个女孩挽着那个胖男孩的胳膊离开的背影，我的心里莫名地掠过一丝酸楚。

　　接下来的日子，那款紫色连衣裙依然像这个夏天一样卖得非常火热。而且，绝大多数顾客是成双成对的恋人。看着男士们掏钱时爽快的样子，我竟又想起了当初要我为他打折的男孩，我在同情他的同时，心中竟也生出一丝鄙视来——同样是男人，凭什么比别人差！

　　然而不久，我就为自己这个想法感到后悔了。

　　火热的夏季过后是有些萧条的凉秋。那一天，我正无聊地站在店里，突然发现当初那个要我为他打折的男孩进了我们店，而且径直向我走来。我定睛瞅了瞅他，他比以前黑瘦了，但是，却没有了当初的谦恭，相反，目光中还闪动着一种执着。他走到我跟前，指着模特身上的紫色连衣裙说，给我选一件加大号的。我在惊疑中把裙子拿给他，他递过来 11 张百元大钞。看着钱我的心猛地震颤了一下，心中竟有些痛楚地告诉他，这件裙子已经由于过季而打七折出售了。我分明看见他愣怔了一下，但马上又强作欢颜地噢了一声。

我和他一起走向收银台的时候，我问他："又有女朋友了？"我心里知道我不应该问顾客这样的问题，可是，我实在忍不住，便问了。

他摇了摇头。

"哦？"我用疑惑的目光瞅了瞅他。

"我只是不想给自己留下遗憾。"他泰然自若地说。

# 围 城

○赵海华

简和复是很要好的朋友。

简和复也是两个差别很大、命运不同的人。

小时候，简说，复，我们去用弹弓打鸟玩儿吧？

复看了看身后的母亲，就说，不去了，我还是先写作业吧。

简说，替我也写一份吧，能写多少先写多少。

复笑了笑，简就高兴地去玩儿了。

当然，简的学习成绩不是很好，复的成绩每次总考第一，以至于简的妈妈在批评简时，总是说，看看人家复，比你多长几个脑袋咋了？

初中和高中时，他们在外边上。简和复自然住在一块儿，吃在一块儿，只是学，不在一块儿。每次简总是匆匆忙忙地拿着复的作业抄一通就完事儿。若不是上课，简可能就不用呆在学校了。简干什么去了？简去外边玩儿，爬山涉水溜冰上网玩游戏等等，不亦乐乎。只是每一次简不再去叫复，简知道复要好好学习。简想，两个人有一个好好学习，将来出人头地，自己沾点光就行了。就拿那次什么国际竞赛来说，复拿了一等奖，简就高兴了好长一段时间。

简对老师的批评充耳不闻，复对老师的表扬习以为常。

复不想玩儿吗？复也想。可老师说，复，你很有前途，我们班名牌大学的那个任务名额，非你不能完成啊。复懂事，复就不去玩了。

高考成绩出来，复是市里的高考状元，得到校长和市领导的高度赞扬，并资助复所有的大学费用，还勉励复说，可要为咱们市争光啊。

简，回家种地去了。

复去上学的那一天，简送复。简说，你是我的骄傲！我一生有你这样的伙伴儿，是我的荣幸！两人就拥抱在一起，泪光闪闪。

一别就是两年。两年后，复才回家。

复透过厚厚的眼镜片，远远地看到简来接他。

两个人又拥抱在一起。

晚上，兄弟俩抵足长谈。

简说，这两年，种地、打工、相亲、玩儿。

复说，读书、考试，读书、考试，读书、考试。

简说，不上学才知道上学的好啊。

复说，上学好？上学没什么好，累。我倒想跟你一样，种地、打工、玩儿。

简说，别胡说了，好好地读你的书吧。

复说，唉，你看，这学校是不是也像一座围城？

简说，围城？什么围城？

复说，里面的人想出来，外面的人想进去啊。

……

依旧是简去送复。简说，好好读书啊。复说，这句话我听得太多太多。

一别又是几年。几年后，简打电话给复说，我下月结婚，你好久没回来了。复说，你要结婚了？我还没谈恋爱呢！放心吧，我一定抽空回去。

婚礼那天，复准时出现。

简说，该读研究生了吧？

复说，硕博连读，少了两年，读博士了。

简的眼中透出异样的羡慕。简忽然不知道要说什么好了，就说，好好读书啊，你可是咱家乡的骄傲啊。

复苦笑了一下，过了一会儿，才说，我们去用弹弓打鸟玩儿吧？

简有些诧异。不过，还是答应了。

在树林间穿梭，在田野里奔跑，在河水边嬉戏，在山顶上眺望，在大自然中呼吸，这一天，复觉得，这个世界充满快乐。

仍然是简去送复。

简没说话，复就流下眼泪。

简说，哭啥？又不是生死离别，哭啥？

复走了。

复真的走了。

复回来的时候，在一个坛子里面，里面是复的骨灰。

复自杀了。听送骨灰的人说，复自杀前，就有精神病。

简哭得一塌糊涂，喃喃地问，为什么？为什么？

恍惚中，简看到复在向他微笑，孩子般地微笑。

# 一位母亲的教育史

○葛　富

母亲第一次参加家长会，儿子还在幼儿园。

幼儿园阿姨告诉她："您的孩子有时连自己的名字都记不清，一般小朋友能做好的事他都做不了……"

她强抑着满腔的辛酸，告别了老师。

回到家，面对儿子无邪的笑脸，她告诉儿子："老师表扬宝宝了，说宝宝与别的小朋友不一样，全班只有宝宝最特别了。"

那天晚上，儿子兴奋得睡不着觉。

母亲第二次参加家长会，儿子上小学三年级。

班主任告诉她："这次考试，你儿子语文全班倒数第三，数学倒数第一。也不爱和其他同学交朋友。"

班主任的话击溃了她矜持的自尊。走出教室，她流泪了。儿子从母亲脸上预感到了山雨欲来，躲在书房里一声不吭。

她轻轻地敲开门，缓缓走进去，轻声地告诉儿子："老师说，你的语文比数学好，这说明你理解能力强，而且还善于独立思考，只要努力，进步一定比其他同学快。"

儿子黯淡的眼神顿时灿烂起来，原本沮丧的脸立即充满了阳光。

母亲第三次参加家长会，儿子上初中二年级。

她忐忑不安地坐在儿子的座位上，直到家长会结束，她也没听到老师对儿子的表扬或批评，便去问老师。老师说："你的孩子，一般吧。"

她的心中燃起了星星之火，回家的步履在漆黑的夜里轻快有力。

一回家，未及儿子发问，她便告诉儿子："老师对你各方面都没意见，他说只要你再上上心，很有希望考上重点高中。"

母亲第四次参加家长会，儿子已经上高三了。这次母亲没能到家长会现场。老师和家长代表去医院看她，老师轻声地说："您的孩子已经是我们学校的尖子生了。我们都相信他能考上重点大学。"

儿子放学了，她皱着眉头告诉儿子："老师已经来过了，说你努力还不够，上重点大学还有距离。"

儿子暗地里攥紧了青春的拳头。

5个月后，儿子将国内一所名牌大学的录取通知书放在了母亲面前。望着母亲面如止水的表情，儿子的泪水一滴一滴地打湿了母亲的遗像。

儿子没有说一句话——3岁那年，他得了一场重病，永远失去了说话的能力。

# 我们都是善良的羊

○尹利华

"我们是一群善良的羊",这句话不是我说的,而是我们头领的口头禅。而今,我们这群善良的羊在头领的带领下,去寻觅新的草原。

一路上,我们历经艰辛种种,例如我们在穿越狮子的领地时,我们的头领不得不和狮子达成了个协议:狮子每天可以捕捉我们四只羊,而我们不得有丝毫抵抗。就这样,我们以每天少四个成员的代价,换来了集体的安全,成功穿越了那片死亡领地。

我们也曾穿过一条河流,在面临激流汹涌的河流时,头领眯缝着它那双细狭的眼睛,冷静地说:"我们需要合作。"合作的对象是鳄鱼,头领独自和鳄鱼谈判,所有的羊都静静地站在它的身后。我们不知道谈判的具体内容,只知道鳄鱼答应了帮助我们渡过河流。看着一批批羊踩在鳄鱼背上顺利渡过时,羊群欢呼阵阵,大家对头领充满了感激,对那些鳄鱼充满了感激,眼看着最后一批渡过来的羊,没有想到,到了中间,所有鳄鱼张开血淋淋的大嘴,朝那些兄弟姐妹咬去,河流瞬间成了血河,而大家对鳄鱼的感激也成了仇恨。我们愤怒地看着头领,头领只是淡淡地说:"别忘了,我们是一群善良的羊。"

是啊,我们是群善良的羊,我们的牙齿不够锋利,我们的羊角不够尖锐,而且吃的也仅仅是草,不是肉,我们有什么资本去和狮子、鳄鱼这种凶猛动物谈判?只有妥协,只有牺牲。也许,头领是对的,它也是为了维护整个羊群的生存。

当然，无论哪次牺牲，都不包括它以及它的家人。这让我不得不龌龊地想，也许，对于我们的头领来说，集体的确是第一位的，因为只有羊群的存在，它才能是头领，它才能以牺牲集体里其他个体来换取自身的安全。

如果下辈子我还是做羊，我希望我的父亲是个头领。

以牺牲了 1/4 羊群的代价，我们这群善良的羊渡过这条河流，在头领的带领下，继续往前走。然后，我们穿过一条沼泽，经过一片灌木林，我们再也没有遇到什么危险，直到一只年迈的老鬣狗出现。

它瘦得皮包骨头，肚子瘪瘪的，眼睛里充满了眼屎，一看那个落魄样子，就知道是被某个鬣狗家族驱赶出来的，不得不到处流浪，不知道哪天就会倒毙，魂归草原。

最初，我能看出来，它是胆怯的，根本不敢太靠近我们这群善良的羊。虽然我们很善良，但毕竟，我们羊群里一些年轻强壮的羊的角也是十分尖锐的，对体弱年迈的它来说，看起来也具有一定杀伤力。

一天，两天，三天，它如影随行，一直远远地跟在我们羊群后面。我们吃草时，它就趴在远处观望，目光一直在几个弱小的羊羔身上游走不定，羊群里的每一个成年成员都知道它是在等待机会，等待我们羊群懈怠。几个负责安全的强壮的羊向头领申请，要主动出击，赶走这只讨厌的鬣狗。那时候，头领正在吃着肥美的草，只是冷冷地说："我们只是善良的羊群。"

到了第四天，那只老鬣狗不知道从哪里弄了只死耗子，美美吃了起来。不料，飞来了一只秃鹫，只见那秃鹫一扇翅膀，竟然把那只老鬣狗给扇倒在地上。它不得不让了那只死耗子，哀号着狼狈逃窜。这个场景，看得那几只强壮的羊热血沸腾，就连这样一只被秃鹫一翅膀就能扇倒、随时可能倒毙路边的老鬣狗，我们羊群有什么好怕它的？

它们再次向头领请求主动出击，驱赶这只老鬣狗，消除羊群的安全隐患。不料，头领沉思了半晌，说："不管怎么说，鬣狗就是鬣狗。我们都是善良的羊，是斗不过它的。"

这一句话，听得那几只强壮的羊顿时泄了气。

就在这天晚上，灾难发生了。那只老鬣狗终于偷袭得逞了，偷走了一只羊羔，而这只羊羔，不幸恰恰是头领最疼爱的小儿子。

头领终于愤怒了。它召集羊群，选了几十只强壮的公羊，告诉它们，今天要去追击那只看来奄奄一息的老鬣狗，去用尖锐的角为死去的儿子复仇。

不料，羊群沉默了半晌，一致回答："我们都是善良的羊。"

# 二十岁，枯萎

○徐 闯

　　中午了，狼下了通宵网回来，就把我从被窝里拽出来，甩给我一句话。他说，我刚给自己起了个网名，想不想知道？我说，就这屁事？你想说就说，不想说就滚，别打扰我睡觉。狼说，你有没有发现我们正在萎缩？精神上的。我看了看他那疲惫的身子，说，我看你实在是无聊，就上你的网，玩你的"大话西游"去吧，成天瞎想什么呢？狼说，这是一个很现实的问题，真的，我最近老在想这些事情。我不想搭理他了，这小子，自己郁闷还不够，非得拉着我一起郁闷。可能是他怕我不够郁闷，临出门了又吐出一句，我的网名叫"二十岁，枯萎"。

　　我愣了！

　　我们现在都是 20 岁。20 岁啊，我们小时候做梦总是梦到 20 岁。这个年龄在幼时的目光里，是大展鸿图的年龄，是可以和恋人卿卿我我的年龄啊。可是，现在的我们，蹲在曾经让人羡慕无比的大学校园里，天天以无聊的小说和网络游戏填充空虚的精神，甚至，连恋爱都懒得动心思了。

　　一会儿，狼又回来了。他有特异功能似的，能连续上三次夜网而白天不睡觉。我说，你有这本事还在学校里干吗？不如去替那些包二奶的老板盯梢算了。他说，去盯着那些不要脸的女人还不如去网吧里睡觉呢！我们在一起吵了一中午，吵来吵去都是郁闷的事情。眼看该吃午饭了，我说，走吧，吃饭去。狼说，吃饭我不去，你请我喝酒我可以考虑一下。我火了，我辛辛苦苦写小说赚的那俩银子还不够你小子宰我一顿的呢。再说，你除了上网喝酒，你还会干嘛？你小子早晚把自己枯萎成木乃伊就安心了！他索性在我床上躺下了，说，成木乃伊倒好了，不用天天想些郁闷的事情。我一把拽起他，像押犯人一样把他推出了门，说，好了，我服你了，我请你喝酒行吧？别一会儿又到处说我连请你喝酒都舍不得。

其实我每个月的稿费也就够我俩喝酒的。在自助餐厅的包间里，我们就着两个小菜干掉了两捆啤酒。最后，都撑得走不动了，却还没有喝醉。这远远没有达到狼喝酒的状态，狼每次和我喝酒，都要喝到出酒。然后就是我架着他摇摇晃晃地回宿舍，在路上，他总是扯着喉咙唱歌，歌词除了我没有人能听懂。一路上，别的同学注视的目光仿佛是献给狼的鲜花一样，惹得他兴致高昂，恨不得把歌声冲上九霄。

今天不知道什么原因，他没有醉，也没有唱歌。我把他带到我常单独去的操场上，在一块草色枯黄的地上坐下。天色还早，不到黄昏的时候。往常喝酒后，都是我把狼送回宿舍睡下了，自己到这里坐。一般这个时候，都是黄昏了。我一个人会静静地坐到天黑。本来打算想些东西的，可是到了最后，总发现自己什么都没有想，发了一下午呆。

我还是那样坐着，狼说，你把我带到这里干吗？来了又一句话不说。我说，我们除了郁闷的话题还能说些别的吗？狼说，要不我教你玩网络游戏吧，又刺激又能打发时间。我狠狠瞪了他一眼，把他接着要说的话噎在他喉咙里。我说，你趁早别打我的主意，我还没有堕落成你那熊样。狼笑了，笑得很阴险。他说，你天天捣鼓你那没用的小说就有意思了啊？还不是一样堕落？我的心顿时抽搐了一下。我无言以对，抬起头看了看天空，几朵无聊的云，在做着无聊的追逐游戏。寂静下来了，连我们周围的一株枯草，一片黄叶，一只跳跃着的蚂蚱。

整个下午，我和狼像在发呆中度过。

临走的时候，我问狼，我们就这样"枯萎"下去？就不想一点以后的生活？狼说，不枯萎又能怎样？你有更好的想法吗？我又一次无言以对。

回到宿舍，我和狼躺在各自的床上，没有开灯。在黑夜里，我们谁也没有说话。可是，我明明听见狼翻来覆去的睡梦中，吐出的那一声声轻微的叹息。我睡不着，下床走到阳台，看被黑暗笼罩的世界，还是那么憋闷。于是，我叹息一声，回头倒在床上，睡不着也躺着吧！

我想，混账的狼有时候真他妈是个智者，竟然想出了一个叫"二十岁，枯萎"的混账网名。

真不知道我们是不是要从"二十岁，枯萎"，心不在焉地慢慢变成"八十岁，枯萎"。

随他去吧，以后的事情有谁能知道呢？先睡吧。

# 给闵部长拍照

○鲁　星

那一年，我参军入伍，在某市人武部当上了新闻摄影干事。

一开始，我的摄影生涯是苦涩的。这与我的顶头上司——人武部闵部长有关。

闵部长的左眼是在一次手榴弹实弹演习中，为掩护一名战士负伤失明的。虽然光荣，但却有损闵部长的光辉形象，也给我这名摄影干事带来不少麻烦。

一次，召开全市各乡镇武装部长会议，会后合影留念。照片洗出以后，看着闵部长的左眼比右眼小了许多，且留有白斑，总觉得对不住我们的部长。我用电脑对闵部长的左眼进行技术处理，这只瞎了的左眼一下就明亮了，和他的右眼十分对称。不知底细的人，还看不出闵部长的眼睛有毛病。当我把经过技术处理的照片交给闵部长时，心想：闵部长肯定会对我夸赞一番。不料，闵部长看完后，指着照片说："小鲁，你这不是变个角度羞我么？人武部上下谁不知道我闵某是个'独眼龙'？不知情的人，还以为我是拿眼睛作秀哩！"

闵部长一席话，把我羞得不敢抬头。

数月后，全市召开武、警先进人物表彰大会，又要合影留念。这次，我吸取上次的教训，事先买了副墨镜，交给闵部长，并嘱咐说："合影时，请戴上这副墨镜吧。当年，老首长刘伯承元帅也是戴墨镜合影的。"

闵部长听完，哈哈大笑说："这个我不习惯。戴上它，我不成了推磨的毛驴？"没办法，这次合影，我只好选个角度，只照闵部长的右侧面，把这只坏了的左眼给掩了起来。

闵部长拿到合影照后，又对我挑起了毛病："小鲁，你这又犯错了。为了照顾我，正面像不照，照侧身像，整体效果不佳嘛！难道我闵某怕让别人见到庐山真面目？"

两次合影，都让闵部长不满意，我烦极了。

每当夜深人静时，看着挂在墙上的相机，我心里直发毛。说不定它是埋在我仕途上的一颗定时炸弹，迟早要毁了我的。

就像战士讨厌手中的枪，这个兵还有啥当头？

闵部长仿佛猜到了我的心思。有一天，他拍了拍我的肩膀说："小鲁，带上相机，跟我到西洋山看看去。"西洋山海拔 2000 多米，是全市的制高点。山上茂林修竹，十分隐蔽，并设有雷达部队，担任防空报警任务。

那一天，部队正在进行防空演习。天上飘着假设敌机——数 10 只彩色气球，那高射机枪正对着彩球跟踪扫描。

闵部长当过高射机枪手，军区大比武时，曾获"神枪手"称号。见此情景，闵部长手就痒了。他走近高射机枪手，说："来，让我过过瘾！"

闵部长娴熟地操练起来。他闭起了左眼，专心致志地瞄准射击。

我离闵部长最近，这一幕被我看得真真切切。我心头"咯噔"了一下：这不是描述闵部长的最佳镜头吗？没半点做作，这么自然，这么贴切！

我快速地调好光圈，调好焦距，摄下这最美最真实的镜头。

照片洗出以后，恰遇省军区正在进行摄影比赛。我以《老兵》为题，把照片寄去参赛。

两个月后，摄影比赛结束，我的《老兵》被评为一等奖。闵部长从报上看见这幅照片，笑呵呵地来到宣传科，连声夸赞道："不错，不错！小鲁，你终于长进了。"

# 求学记

○冷　雨

俺听说教育部门下发了新文件，说外来户的孩子念书不收借读费了，俺高兴得要命。俺当即和俺婆姨商量，郑重决定把俺那两个宝贝女儿也弄到城里上学，好好培养培养。

一开学，俺火燎似的跑到教育局打探。门房老汉问俺找谁，俺说找这儿的大官。哪个大官？就是最大的官。老汉扬扬下巴说，一楼中间第三个。俺兴奋地朝那走去。俺小心翼翼地推开门，只见一个慈眉善目、头发花白的小老头正在打电话。他用手指了指沙发朝我点了点头，意思是让俺坐下。俺真是受宠若惊。老头打完电话，和蔼地问俺有什么事，还亲自用那白生生的纸杯给俺倒了一杯纯净水。俺感到心里热乎乎的，忙用树皮似的双手接过来说，俺不渴，俺不渴。俺就是想问一问，今年，俺的娃到你们这地儿念书，真的和城里娃一样？真的。那可太好了！那俺到哪报名哩？你在哪里住，就到附近的学校报名。俺激动得用双手使劲握住老头的手说，谢谢！谢谢！

第二天一大早，俺就领着俺那两个宝贝疙瘩兴冲冲地来到西头小学。俺问了半天，才找到校长办公室。校长是个女的。俺说明了来意。女校长随手甩过来一张表，冷冰冰地说，把表一填，交30元考试费，下午3点参加考试。俺赶忙叫大丫来写。下午考完试，我就急巴巴地问两个宝贝疙瘩，考得怎样。两个都喜滋滋地说，大，俺们都会。俺那吊在嗓子边的心总算又落回到肚子里。第三天，俺们父女三个一大早来到学校，在墙上贴的名单上找掩大丫二丫的名字。来回细细地看了十遍，没有！俺急得满头大汗。急火火跑到校长办公室，问她怎么没有俺女儿的名字？校长眼皮也没有抬，硬邦邦撂出一句：没考上。那咋办？没办法，领回去。俺急得嚎啕大哭，直祷告校长。也许是俺的难过感动了校长，也许是俺那一把鼻子一把泪使校长感到厌烦。校长终于张了金口，明天早上再说。俺如获至宝似的连声说是！是！是！第四天一早去，一位老师说校长不在。俺就守在学校的大门口。中午饿了，俺破天荒给大丫二丫一人买了一份擀面皮。俺5 毛钱买了一个饼子垫垫肚子。直到下午放学，学校的学生和老师都走完了，还不见校长的影子。俺急得像热锅上的蚂蚁。再瞧瞧两个女儿，灰塌塌的就像霜打的茄子，俺的鼻子一阵阵发酸。正在这时，空旷的走廊里传来了高跟鞋和水泥地碰撞的声音，由远到近，声声敲在俺的心坎上。俺兴奋得血管都快涨裂哩。过来的正是俺们父女苦苦等了一天的校长。俺急忙跑到校长跟前，双手紧紧抓住校长，语无伦次地说，校长，您老人家发发慈悲，收下俺两个娃吧！校长看看俺，又看看俺两个娃，显得很无奈地叹了一口气说，唉！真拿你们没办法。明天来办吧。俺一听激动得泪蛋蛋儿都流了出来。俺紧紧握住校长红润丰满嫩白的手说，俺真不知道怎么感谢您哩，校长。也许是俺树皮般粗糙的手弄痛了校长。校长皱着眉赶忙抽出她的手说，完了再说，完了再说。

第五天，俺终于给两个娃报了名。俺如释重负。俺又高兴地登着三轮到城里去揽活。

第六天中午放学，大丫拿着一张二指宽的纸条给我说，大，俺们校长给的，让你到学校去一下。怎么了？不知道。俺的心又绷得紧紧的。

下午，俺早早来到学校，一见校长，校长二话没说，劈头盖脸把俺收拾一顿。意思是俺娃学得不好，将来会拖班级和学校的后腿。俺直向校长保证俺娃一定能学好。晚上，俺早早收了车。一回家就把大丫二丫叫到跟前，问她们听懂听不懂老师讲的，作业会不会做。她们说都会。俺又把她们的作业仔细看了一遍，见上面全是红钩钩，俺就脑大了：这是咋回事？这时大丫说，大，俺们班其他转来的家长都请校长老师吃饭哩。俺使劲拍了一下自己的脑壳，看这死脑筋！第二天是礼拜六，学校上半天课。俺十点多就收车回家，揩了一把脸，拿上钱风风火火向学校赶去。找到校长，校长似乎知道俺要来似的，不冷不热地说你来了。噢。俺娃在你们这儿念书，给你们添了不少麻烦，俺心里实在是过意不去。今天中午，俺想请你们吃个饭。这个就算了。那不行，那不行！俺娃在你们这儿念书，给你们添了不少的麻烦，俺心里实在是过意不去。今天无论如何要谢谢你们，俺一再坚持说。唉，你们这些人真是拿你们没办法。校长叹了一口气，似乎很无奈地说，那好吧。说完，校长拿起桌子上的电话一气打了七八个，俺心里猜测可能是叫其他的人。

饭是在学校对面一个叫作红都大鱼庄的地方吃的。连校长和俺一共八个人。校长们吃的是红光满面，汗流浃背，而俺却一口也吃不下，只是脸上堆满笑意，机械而殷勤地说，吃！吃！慢慢吃！而脑门上的虚汗却直往外冒。

吃毕，校长满足地说，让你破费了。俺像一条哈巴狗似的点头哈腰地说，没什么，没什么。应该的，应该的！那我们就走了。好！好！慢走慢走。

望着他们坐的车一溜烟远去，俺如一滩烂泥坐在了地上。一顿饭吃了480块！×××，把俺全家一年的菜钱给吃光了。